小学館文庫

大《だい》コメ騒動　ノベライズ

戸屋まい

小学館

目次

人物相関図

富山

松浦いと
三人の子をもつ
女仲仕
（井上真央）
引っ込み思案だが家族のために立ち上がる。

夫婦

松浦利夫
いとの夫
（三浦貴大）
妻が好きな本を贈る理解ある夫。夏場不在に。

親子

松浦タキ
いとの姑
（夏木マリ）
厳しく見えて、実は嫁を案じる凛とした姑。

清んさのおばば
おかかたちのリーダー（室井 滋）
魚の行商が生業。
光る金歯で迫力ある啖呵も。

浜のおかかたち

沢辺フジ
清んさのおばばの腰巾着
（冨樫 真）
ちゃっかり者。腕っ節が強く、声も大きい。

水野トキ
夫が仲仕の親方
（鈴木砂羽）
気が強いおかか。
いとにつらく当たることも。

夫婦

水野源蔵
仲仕の親方
（吹越 満）
女性を軽んじるが、雇い主の鷲田の女将には弱い。

元愛人

サチ
七歳の子をもつ
シングルマザー
（舞羽美海）
いつも娘の体を案じ、小さい体で力仕事に励む。

活動家
（西村まさ彦）
格差是正を訴え街頭に立つが女性の支持は低い。

ヒサ
源蔵の妾
（吉本実憂）
いとの幼馴染み。ひょんなことで、いとと再会。

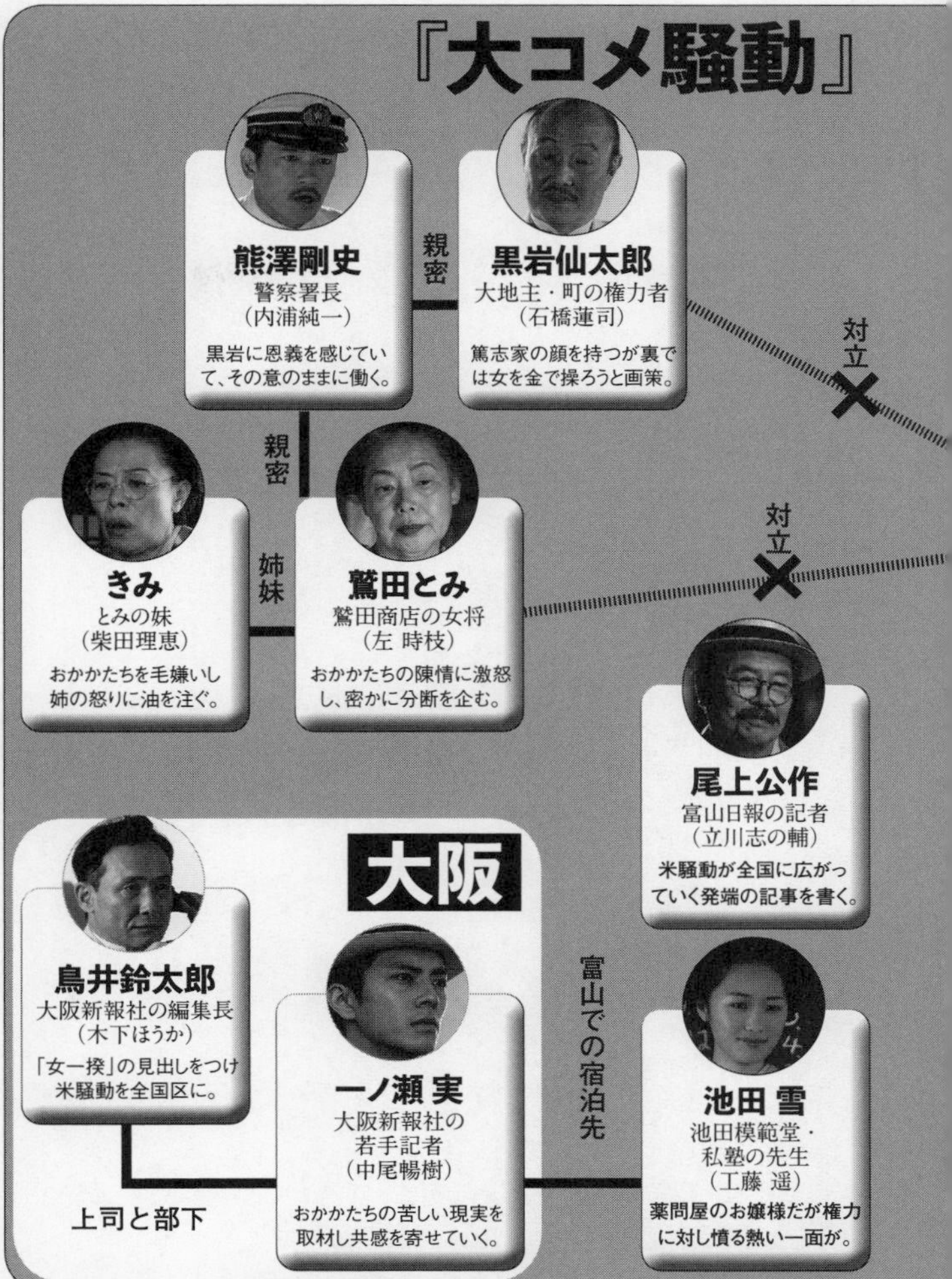
『大コメ騒動』
熊澤剛史
警察署長
（内浦純一）
黒岩に恩義を感じていて、その意のままに働く。
親密
黒岩仙太郎
大地主・町の権力者
（石橋蓮司）
篤志家の顔を持つが裏では女を金で操ろうと画策。
対立
親密
きみ
とみの妹
（柴田理恵）
おかかたちを毛嫌いし姉の怒りに油を注ぐ。
姉妹
鷲田とみ
鷲田商店の女将
（左 時枝）
おかかたちの陳情に激怒し、密かに分断を企む。
対立
尾上公作
富山日報の記者
（立川志の輔）
米騒動が全国に広がっていく発端の記事を書く。
大阪
鳥井鈴太郎
大阪新報社の編集長
（木下ほうか）
「女一揆」の見出しをつけ米騒動を全国区に。
上司と部下
一ノ瀬 実
大阪新報社の若手記者
（中尾暢樹）
おかかたちの苦しい現実を取材し共感を寄せていく。
富山での宿泊先
池田 雪
池田模範堂・私塾の先生
（工藤 遥）
薬問屋のお嬢様だが権力に対し憤る熱い一面が。

この物語は史実に基づいていますが、登場する人物や団体はすべてフィクションです。

大《だい》コメ騒動
戸屋まい 著
ノベライズ

プロローグ

大正時代は十五年と短いのですが、思えば激動の時代でありました。

世界に目を向けると、大正三（一九一四）年に第一次世界大戦が起こりました。ドイツ、オーストリアの同盟国側と、イギリス、フランス、ロシアの連合国側に分かれて繰り広げられた戦争です。

当初、日本は参戦していなかったのですが、日清・日露戦争を経て、欧米列強と肩を並べる大国の一つになったからという理由で参戦することになりました。この戦争における日本の役割は、連合国側に物資を供給するというものでした。

実はこの頃、日本は長い不況にあえいでいました。原因は日露戦争における借金です。日露戦争の際に、日本は英米の資本家から巨額の借金をして戦費に充てました。おかげでバルチック艦隊を破り勝利をおさめることができたのですが、戦争処理を話し合うポーツマス条約では、戦勝国だったにも拘《かかわ》らず日本は賠償金を受け取ることができませんでした。その結果、多額の借金だけが残り、日本全国に不況風が吹き荒れていたのです。

そこに降って湧いたように起こった、第一次世界大戦への参戦です。戦地への物資供給のために日本からの輸出が急増し、景気は劇的に回復します。日本はこの突然の戦争特需によって景気が良くなり、大正バブルのような状態になっていきました。

国内の景気がジェットコースターのように上下していた大正五（一九一六）年、首相に就任したのが寺内正毅《てらうちまさたけ》です。長州藩出身で、十年も陸軍大将を務めていた人でした。

寺内の首相就任にあたり新聞は「ビリケン首相」と書き立てました。寺内の頭の形が先の尖《とが》った禿《は》げ頭で、それがアメリカから伝わり人気のあった「福の神人形ビリケン」にそっくりだっただけでなく、「政党政治や国民の声を無視した内閣＝非立憲《ひりっけん》」だというのでつけられたあだ名でした。

非立憲、つまり民衆の方を向いていない首相に対する揶揄《やゆ》でもあったのです。

都市部では文化芸術がもてはやされ、大正浪漫《ロマン》の華やかな雰囲気に満ちていきます。

明治時代に流入した西欧の文化、考え方、工業製品などが大都市から地方都市へと徐々に広がりました。

一方で大正時代は、格差が一層鮮明になった時代でもありました。明治維新以降、巨大化した財閥の創業家、あるいは大企業の経営者などの実業エリートといわれるブルジョワジー層と、工場や炭鉱などで働く労働者階級の間にある格差は天の川の川幅よりも大きくなっていたのです。

地方の女性は、日本の主要な輸出商品である生糸を生産するために製糸工場に女工として駆り出され、男性は工場や炭鉱などで働きました。厳しく危険な仕事なのに賃金は低く抑えられ、一方で戦争によるインフレで生活はますます苦しくなっていきます。富める者には一層富が集積し、貧しい者は奈落の底に落とされるように一層貧しくなっていく。そのため、戦争特需の恩恵にあずかれない労働者や市民の不満が膨らんでいったのがこの時代でした。

町では、添田唖蟬坊《そえだあぜんぼう》という演歌師の歌が大流行しています。

唖蟬坊は「ノンキ節」や「あきらめ節」などの「演説歌」で、政治への風刺や市井《しせい》の人々が口に出せない思いを歌い民衆に絶大なる人気を誇っていました。多くの民衆はこれらの歌を口ずさむことで、不平不満ややり切れない思いを紛らわせていたのかもしれません。

私ですか、私は富山日報の尾上公作《おのうえこうさく》と申します。県内の社会情勢などについて記事を書いている新聞記者です。

さて、当時の越中富山の経済状況をご説明しましょう。

この頃、好景気によってインフレが起こり、国内物価がジリジリと上昇していきます。とりわけ値上がりしたのが、米でした。大正時代は有史以来、日本人が最も米を食べた時代と言われます。米の生産量が飛躍的に伸びたため、全国の労働者は主食の米でエネルギーを得て日々の労働を行っていました。

それは富山でも同様で、特に富山湾沿いの漁師の家では、男衆は一日に一升《しょう》の米を、おかか（女房）も八合の米を食べていたのです。

しかし、米価はどんどん上がります。

大正七（一九一八）年の年初は、一升二〇銭で買えていた米が、春には二五銭に値上がりし、さらに一升三〇銭、一升四〇銭と上がっていきました。天井知らずに上がり続ける米の値段に、家計を預かるおかかたちは困り果てていました。夫と子供に食べさせる米が買えなくなるかもしれないという不安に苛《さいな》まれていたのです。

富山の漁師は、秋から春までは地引網《じびきあみ》や刺し網漁でイカやブリ、マグロ、タイ、イワシ、サバ、サケなどを捕って暮らしています。ところが気温が上がるにつれて、魚がほとんど捕れなくなってしまうので、一家の大黒柱である男は北海道や南樺太《からふと》に出稼ぎ漁に出ます。大型船での遠洋漁業は実入りも大きいのですが、命の危険も伴うものでした。

夫が出稼ぎ漁に出てしまった家では、残されたおかかは子供や年寄りを養うために、日銭が稼げて日当がいい米俵を運ぶ仲士《なかし》の仕事をしました。

この辺りには十数軒の米屋があり、扱う米のほとんどを海岸近くの蔵（銀行の倉庫）に預けておき、取引が成立すれば北海道や樺太方面に米が移出されます。この蔵から米俵を運び出す仲士の仕事を、おかかが男に代わり担っていたのです。

日本の婦人運動は明治から大正にかけて、徐々に高まっていきます。平塚らいてうや市川房枝を中心として婦人参政権獲得に向けて活動を始めていましたが、それは都市における一部の女性だけのこと。富山の漁村では封建的な風土が色濃く残っており、女子供は男のすることには口を出すなと言われていました。言動を制限されているにも拘らず、おかかが男同様に外で働かなければ家族は飢えてしまうというのが現実でした。

海岸沿いにズラリと立ち並ぶ米蔵から浜辺のハシケ（輸送船）まで、おかかは米俵を背負って運ぶ仕事で日銭を稼ぎます。米俵は一俵六十キログラム。砂に足を取られながら大人の体重ほどもある重い米俵を運ぶのです。

沖には、連日大小の蒸気船がやってきて停泊しています。おかかが蔵からハシケまで米俵を運び、ハシケに百俵程積み込まれると、沖に停泊している蒸気船に運ばれていきます。ハシケを操るのは男の沖仲士の仕事です。

蒸気船は米俵をいっぱいに積み込むと、出航していきます。

日に日に上がっていく米の値段。自分たちの目の前に米があるのに、自分たちの口には入らない。多くのおかかは、沖に運ばれる大量の米を見送るしかありませんでした。

これから家族のために必死に働くおかかの様子を見に、浜へ行こうと思います。今日も大勢のおかかが、重い米俵を背中に乗せて蔵から浜のハシケまで運んでいることでしょう。こんなに頑張って働いているのに、どうして生活は楽にならないのだろうと疑問を持ち、なんとかしなければと考え始めているかもしれませんので。

第一章　ノンキ節

1

浜近くに立ち並ぶ米蔵の入り口で、松浦《まつうら》いとは中腰で少し前かがみになり二人の男衆に背中を差し出した。三十歳になったばかりというのに、いとの化粧っけない肌は日焼けによる乾燥で艶《つや》がなく髪もパサついているのだが、そんなことを気にかける余裕もない。

「気張られ！」という掛け声のあと、ずっしりと米俵が体全体にのしかかってきた。いとは布で編んだ背負子《しょいこ》の肩紐に両腕を通し、木綿の布を裂いて編んだ幅広の背負い紐で米俵をしっかり支えると、前かがみの姿勢のまま歩き出した。

春とはいえまだ肌寒さが残るが、米俵を背負って歩いていると、背中や耳の後ろから汗がじんわり噴き出してくる。両手で握った背負い紐が手のひらに食い込んできて、いとは思わず奥歯を嚙《か》みしめた。

顔を少し上げると、前を行くフジの尻が左右に揺れているのが見える。フジも重い米俵を担ぎ、やっとの思いで一歩を踏み出すので、どうしても脚が蟹股《がにまた》になり尻が左右に揺れる。

フジはいとの近所に住む、四つ五つ上の気のいい漁師の女房だ。声が大きく、最初は怒鳴られているのかと思ったが、それはいとの思い違いで、秋から春にかけて夫とともに地引網を引いているせいで、自然と声が大きくなっただけのようだ。

いとの後ろを歩くサチからは、いとの尻も同じように左右に揺れているのが見えているに違いない。いや、サチはこのあたりのおかかに比べると、二回りくらいやせていて体が小さい。米俵を担ぐだけで精一杯で、下を向きひたすら一歩また一歩、砂地を踏みしめているかもしれない。サチの夫は三年前に漁に出たっきりで便りがなく、男手がないのでサチが仲士の仕事をして一人娘のおみつを育てている。日に日にやせていくサチには、米俵の重さがずいぶんとこたえていることだろう。

いいや、他人を気遣っている場合ではない。

いとはずっしりと肩に背中に食い込んでくる米俵の重さに、めまいがしそうだった。

「はぁはぁ」自分の呼吸が耳の中で反響している。「重い」と口に出したら米俵の重さに負けてしまいそうで、もう一度気合を入れて浜に向かって歩みを進めた。

♪「貧乏でこそあれ　日本人はエライ　それに第一　辛抱強い」

いとは、波の音に交じって聞こえてくる歌声に気付いた。
「ノンキ節」だ。
ハシケに米俵を積む作業をする沖仲士の男の歌声が、次第に大きくなる。
♪「天井知らずに　物価は上がっても　湯なり粥なり　すすっていきている
　あゝ　ノンキだね」
他の沖仲士の男たちも、最初の男に合わせて歌い出す。
「ちょっこし。もうちょっこし」
前を行くフジの声に励まされ、いとも歩みを進める。
♪「アヽ　ノンキだね」
先を行っていたトキに続いてフジが米俵を下ろした。次はいとの番だ。

ちょっこし、あとちょっこし。

♪「ア〜　ノンキだね」

男たちが背中の米俵を受け取ってくれた。ようやく体を締め付けていた緊張から解放され、いとはほっと息を吐《は》いた。

日焼けしたフジが、男衆をふんと鼻であしらった。歌を歌っていられるほど暢気《のんき》なのは、あんたたちだけじゃないがけ、とでも言いたいのだろう。

さあ、もう一度戻って米俵を運ばなければ。いとは腰をぐーんと伸ばしてから、米蔵に向けて砂浜を戻り始めた。

米俵を背中に括り付けて歩くおかかの列が、海に向かって近づいてくる。軍隊アリのように、隊列を崩すことなく歩くおかかたちの耳に、ノンキ節の歌声は届いているだろうか。

2

富山の漁師の家にとって、春は別れの季節だ。
秋から早春にかけての漁が一段落すると、多くの男が出稼ぎ漁に出る。大型船に乗り込み、北海道沖でニシンやタラ、昆布漁をするのだ。出稼ぎ漁は実入りがいい。しかし、荒々しい北の海は、命の危険と隣り合わせだ。
いとは夫の利夫に続いて、玄関を出た。背中にはこの秋一歳になるトシ子が眠っている。いとの家は、浜側の路地の中ほどにあった。路地の始まるあたりには、今にも壊れそうな門が立っている。

♪「カチューシャかわいや　別れのつらさ
　せめて淡雪　とけぬまと……」

流行歌を口ずさむ利夫に、人の気持ちも知らないでと、いとは少し不機嫌になった。

「やめてくれんけ。こっちは精一杯我慢しとるゆうがに」

その声に、先を歩いていた利夫が振り返った。

いとは暢気そうな利夫の顔を見ると、怒りの塊が腹のあたりから喉元まで上がってくる。寂しさと不安が、怒りに形をかえていき、言葉の刃《やいば》となって飛び出してきそうだった。

出稼ぎ漁に出たらしばらくは離れ離れになってしまうのに、どうして利夫は歌など歌っていられるのだ。

「オラがおらんようになったって、お前なら大丈夫やちゃ」

そんな勝手なことを言って……。

「そうだといいがやけど」

不安と不満が募り、いとはどうしても険しい表情になる。利夫はそれもからから。

「お前みたいに小難しいことばっかし考えとっと、さあ悩みも多かろうのぉ。結局オラもお前も、体の動く限り真面目えに働くしかないがよ。死ぬまでそうするしかないがやって」

「そんなが、言われんだって、分かっとっちゃ」

そっぽを向いたいとの目の前に、利夫は懐《ふところ》から何かを取り出した。

目の前にあったのは、竹久夢二の絵が表紙に描かれた本だ。ずっとずっと読みたかった。利夫が、わざわざ富山の総曲輪《そうがわ》まで出かけて行って買ってくれたのだろう。ほしいとは一言も言わなかったのに、ちゃんと気持ちを分かってくれていた。ふくれっ面だったいとの顔に思わず笑みがこぼれ、自然と手が伸びた。

こんな風に利夫は時折、いとを驚かせ喜ばせる贈り物をくれる。「うれしい」という気持ちが、言葉にならない。いとの固まった心がほぐれ、自然と笑顔になっていく。利夫のやさしさが、心からうれしかった。

「学問ちゃあ何の役に立つがやら。腹が膨れるワケでもないがに」

照れ隠しに言う利夫に、いとはかまわずページを一枚一枚丁寧にめくる。挿絵の女性はいつ見ても本当に美しくかわいらしい。

「利夫さん、ありがとね」

機嫌を直したいとに安心したのか、利夫は再び歌い始めた。

♪「カチューシャかわいや　別れのつらさ……」

路地の門のところに、父親を見送るために長男の正一郎《しょういちろう》と長女のチヅ子が立っている。追うように、姑のタキも出てきた。利夫は子供たちに近づくと、中腰になり二人の頭に手を置いた。

「父ちゃんのこと、忘れられんがやぞ」

正一郎とチヅ子は、大きく頷く。来年、尋常小学校を卒業する正一郎は大人びた顔で父親を見送る。チヅ子は五歳になるが、寂しいのか、今にも泣き出しそうな顔をしている。

去年はトシ子が生まれたばかりだったので、いとは利夫を浜まで送ることができなかったが、今年はトシ子をおぶって見送ることができる。子供たちの成長が感じられてうれしかった。

とはいえ、いとにとっては慣れることがない春の行事だ。一家の大黒柱が不在となるのは本当に不安だ。戻ってくるまで収入は途絶える。もし、戻ってこなかったら……と考えると、心底恐ろしい。口に出すと言霊が悪さをして現実になるかもしれず、気をつけて、必ず戻ってきてとは怖くて言えない。

利夫は、笑顔で二人の子供の頭をかわるがわる撫でた。

「秋には帰ってくっから」

利夫はしゃがんで、正一郎とチヅ子をがっしりとした腕で抱きしめた。しばらく

そうしていたが立ち上がると、いとに向かって、

「必ず戻る。それまで子どんたちのこと頼んだぞ」

いとは目を大きく見開いて頷いた。目を閉じれば涙が溢れてしまいそうで、必死に目を開けていた。利夫はそんないとにはかまわず浜に向かって歩き出す。小走りに利夫の後を追いかけると、いとの背中でトシ子がぐずり出した。

家から浜のハシケまでの道のりを、二人は何も言わずに歩く。トシ子の泣く声だけが、二人の気持ちを繋いでいた。


浜には見送りのために、大勢の人がいた。

「元気でな」

「無事に帰って」

「体に気を付けて、しっかり勉強すんがやぞ」

ハシケに乗った男衆と見送る家族がお互いに声を掛け合っている。毎年繰り返される光景だ。

船頭に荷物を預けハシケに乗り込んだ利夫は、浜を振り返った。照れくさいのか、いとに向かって一回だけ手を振った。いとはそんな利夫に手を振ることも忘れて、

心の中で懸命に祈っていた。

元気で、秋には元気で帰ってきて。神様、利夫さんを守ってください。

ハシケが沖の蒸気船に向かってゆっくり動き出すと、乗船している男衆はそれぞれの家族に向かって大きく手を振った。

「元気で帰ってきて」

いとは口の中でもう一度呟いて、去ってゆくハシケの上で手を振る利夫をいつまでも見つめていた。

3

七月、利夫が出稼ぎ漁に出てから、三か月がたった。

青々と広がる田んぼのはるか向こうに、立山連峰の山頂が雲に霞《かす》んでいる。本格的な夏が近い。

いとは長屋の共同の井戸端にいた。

漁師の家は、浜に近い場所に平屋か二階家が、狭い路地の両側に肩を寄せ合うように立っている。間口が狭く奥に長い、といっても土間とせいぜい一間か二間なので、その長さはたかが知れている。夏場は漁に出られないので、家々の軒下や壁には網やざる、仕掛けなどが無造作に引っ掛けられていた。

いくつかの路地が交わる場所に共同の井戸がある。この辺りは海に近いのだが、立山連峰から超特急で駆け降りる大きな川が幾筋も流れているせいで、水量が豊富で井戸水に塩分は含まれていない。

朝食の支度のために、いとが米を研《と》いでいると、家々からおかかが羽釜を抱えて出てくる。

「おはようござんす」

挨拶をかわすいつもの風景だ。

井戸端では野菜を洗う人、水を汲む人、何人ものおかかが朝の支度に余念がない。

いとは米を研ぎ終わると、家に戻り竃《かまど》に羽釜をかけて火を起こした。隣の竃にはニシンの切り身と醬油を入れた小鍋を置いた。

家の掃除や卓袱台《ちゃぶだい》の用意などをしていると、羽釜からしゅんしゅんと湯気が立ち、ごはんの炊けるいい匂いがただよってくる。

いとはこの匂いをかぐと、心の底から幸せな気持ちになる。

いとは農村の出で、子供の頃から田植えから草取り、稲刈りまで一家総出で働いていた。

秋になり、たわわに穂をつけた稲を刈って天日に干すと、稲は日向のいい匂いがした。脱穀して籾《もみ》を俵に詰めるのは父と兄の仕事だった。秋にはたくさんの米が家にあったが、あれほどたくさん収穫しても、家には米が残らなかった。地主さんがほとんどを持っていってしまうからだ。

米を食べることができるのは、特別な祝い事や忌事《いみごと》があった日と正月だけだ。元日の朝、お膳に載ったお碗に一人ずつご飯をよそってもらう。いつもは粟やひえがたくさん入っているので茶色だが、この時だけはお碗の中は真っ白なお米がキラキラ光っていた。炊き立てのお米の匂いを胸いっぱいに吸い込むと、いとは毎回泣きたい気分になった。悲しいからではなく、しみじみと幸せを感じるからだ。

「お米をお腹いっぱいに食べたい」

これが農家に生まれた者の、最大の望みだった。

浜の家に嫁いできてからは、いとは毎日のようにお米を食べられるようになった。しかし、漁がほとんどない夏場はご飯を炊くのは朝一回だけで、昼と夜はおからや大根の葉を入れて量を増やして湯漬けか雑炊で食べる。仕事に出る男衆には、一升入る曲《まげ》わっぱの弁当箱にぎゅうぎゅうにごはんを詰めて持たせる。漁のある時はこの弁当を昼と夜、時には夜食として船の上で食べるのだ。

「あっ！　いけない」

小鍋から煙が立ち、焦げた匂いが漂った。見るとニシンがチリチリに縮んでいる。慌てて小鍋を火から下ろし、大急ぎで甕《かめ》から柄杓《ひしゃく》で水を汲んで鍋に入れると、ジューっと音がして、余計に焦げ臭い匂いが強くなった。

あーあ、またやってしまった。

考え事をする癖があるいとは、よく鍋を焦がす。姑のタキに嫌味の一つも言われるかもしれない。

炊きあがったごはんを御櫃《おひつ》に移すと、米粒が光っておいしそうな湯気が立っている。ニシンは皿に盛りつけた。

「正一郎、チヅ子、ごはんだよ」

寝ぼけ顔の正一郎がチヅ子とトシ子を起こし、卓袱台に向かわせる。いとは茶碗にごはんをよそい、お湯をかけた。こうすると、ごはんの量を増やすことができる。漁の少ない季節はこうして湯漬けにすることで、腹持ちがよくなるのだ。

井戸端で顔を洗っていたタキが戻ってきた。肩にかけた手ぬぐいで首の汗をぬぐいながら、鼻をくんくんさせると卓袱台をチラと見た。

「浜に嫁いで十三年にもなるがに、いつんなったらまともに魚を煮炊きできるようになるがかのう」

「はあ……」

いとはしゅんとして、ニシンの皿をタキから少しだけ離れた場所に動かした。

「まんま。まんま。ふぎゃー」

お腹がすいたのだろう、トシ子がぐずりだした。正一郎、チヅ子に続いてタキも卓袱台の前に座り、胸の前で手を合わせた。正一郎、チヅ子といとも同じように手を合わせる。

「なら、食べられっけ」

タキが箸を手に取り号令をかけると、

「いただきまーす」

ごはんを前に子供たちがうれしそうな声をあげた。

いとはこの瞬間が好きだ。ごはんを食べている時の子供たちの無邪気な顔を見ると、母になった喜びを感じるのだ。

少し焦げ臭いニシンも子供たちはおいしい、おいしいと食べてくれる。膝に抱いたトシ子に、いとは少しずつ湯漬けを食べさせた。

その時だ。

「いとさん。大変やわ！」

いきなり玄関の引き戸が乱暴に開いて、フジが飛び込んできた。相変わらず大きな声である。

「なに？」

「トキさんが大変ながよ」

フジが勢い込んで言う。

「ああ。でも……」

トシ子にごはんを食べさせている最中なので、手が離せない……。

「清《きよ》んさのおばばも、来っと」

清んさのおばばと聞いたとたん、チヅ子が箸をおいて両手で顔を覆い、正一郎も顔をしかめた。

「やわ。おっとろしい」

チヅ子が泣き出した。正一郎はチヅ子を慰めるが、チヅ子は怖がって顔を上げない。

「いとさん。ちゃっちゃっと行かれ」

タキが手を振って、出掛けるよう促した。

清んさのおばばは、浜の集落のはずれに一人で暮らしている。年の頃は、五十代か六十代、あるいはもっと上か。かなり白くなった髪を無造作に束ねているだけなので、正確な年齢は分からない。日頃は手押し車に魚や昆布などの海産物を載せて行商しているのだが、何か事があると先頭に立って、役所だろうが分限者《ぶげん》の家だろうが押しかけて掛け合ってくれる。自分の意見をはっきり言って何に対しても動じない、この辺りのおかかのボスのような存在だ。

その容貌が怪異なこともあり、子供たちからは怖がられている。子供が喧嘩やいじめをしていると、親が近くにいようがお構いなく子供を叱る。チヅ子が泣き出したのも、近所の子供と喧嘩していたのをきつく叱られたことがあったからだ。悪いことは悪い、謝る時はしっかり謝ることを教えるのもワシの役割だと、清んさのおばばは言う。いとはそんな清んさのおばばのことが、怖くもあり、好きでもあった。ニカッと笑うたびに見える金歯は、神社の狛犬にそっくりだといとは秘かに思っていた。

いとは急いで支度するとフジの後を追った。

すると角を曲がったところにある家の玄関がいきなり開いて、サチが出てきた。手には桶を持っている。井戸に向かおうとしていたらしい。

「トキさんの一大事！　清んさのおばばも来っと」

フジの言葉に、サチは目を大きく見開く。

「さー！　大変やわ！」

サチは家に取って返して桶を置いてくると、飛び出してきて一緒にトキの家を目指した。

4

路地の角から二軒目にあるトキの家の前には、すでに大勢の人が集まっていた。

近所のおかかに交じり、物売りや職人、仲士の男衆もいる。沖仲士の親方をしているトキの夫、水野源蔵《みずのげんぞう》の下で働いている男たちが集まっているようだ。

トキは気が強く弁も立つので、いとは少し苦手だ。こちらが一言いう間に三言も四言も返ってくるので、とても太刀打ちできない。夫が仲士の親方ということもあり、この辺りのおかかにも一目置かれている。

いとの実家である農村の女は、口数が少なかった。あまりしゃべらなくても、お互いに相手の言いたいことが分かり、近所で大きな揉め事や口喧嘩が起こることなどなかった。だからいとは、浜に嫁に来て驚いた。浜のおかかは、聞きにくいこともずけずけ聞くし、言いたいことは何でも言う。おかか同士の言い合いも日常茶飯事で、声が大きいので普段のおしゃべりでも喧嘩を売られているのかと思うほどだ。

ガッシャーン！

派手に何かが割れる音がした。

「ちょっこし、ちょっこし、ごめんね」

フジが集まっていた人の間をすり抜けて家に入っていく後ろを、いととサチも邪魔にならないように体を斜めにして続いた。

玄関を入ってすぐのところにある土間には、すでに近所のフネ、イソ、ナミが到着していて、トキと源蔵の夫婦喧嘩のなりゆきを見守っていた。

浜の夫婦喧嘩は総じて派手なのだが、トキの家の喧嘩は特に激しかった。

トキは源蔵に負けないくらい大きな声で怒鳴っている。

「なんなの、あんた！」

「妾《めかけ》の一人や二人でガタガタわめくなや。生娘《きむすめ》じゃああるめぇし」

源蔵はトキが振り上げた箒《ほうき》の反対側を摑み、攻撃をかわそうとする。

箒を間に挟んでトキと源蔵が引っ張り合いをしていて、箒が右や左に動くたびに、集まったおかかは「うわーっ」と大声援を送っている。いとはフジの背中越しに部屋の奥をのぞいた。あまりに喧嘩が激しいので、いとは怖気付いていてとても声援を送ることなどできなかった。

そこに一人、そんな騒ぎなど関係ないとでも言うように、畳にすまし顔で若い女が座っているのにいとは気付いた。先に来ていたフネが、ひそひそ声でフジに事のなりゆきを伝えている。

「酒屋の女中に手ぇ出してしもたがやと」

「源蔵さん、案外やるがやね」

いとも状況が摑めてきた。源蔵があの色白の若い女に入れあげたのがバレて、夫婦喧嘩が始まったらしい。

源蔵が握っていた箒の端を振り切り、トキが勢いよく源蔵に襲いかかる。それをひょいとかわす源蔵。かわされたトキはますます怒り、箒を振り上げ源蔵を追いかける……。

いとはふと、畳に散乱した茶色の壺のかけらに気付いた。周囲には数枚の小銭が散らばっている。どうやら源蔵はあの壺に入っていたお金まで使ってしまったのだろう。小銭の近くでトキの娘のセツが両手で顔を覆って泣いているのが目に入った。妹のサダがなだめているのだが、泣き止《や》む気配がない。

源蔵はトキの箒をひょいとよけると、軽い調子で言った。

「なんせえ、しばらくコイツを置いてやってくれま。オラとの逢い引きがバレて奉公先から追い出されてしもたがよ」

開き直った源蔵に、トキの怒りは頂点に達した。

「その女の逢い引きに、有り金全部使《つこ》おてしもたゆうがけ？」

「まぁ、そういうこっちゃ」

それを聞いたセツの泣き声がいよいよ大きくなる。

「あのカネちゃね。この子の嫁入りのために取っといたがやぜ。それなんによりによってこんな小娘に」

トキは、女をぐいっと睨《にら》んだ。

「この盗人《ぬすっと》が！」

トキは座っていた女に向けて持っていた箒を振り上げると、源蔵は大慌てで女に近づきかばった。それを見ていたトキが、目を三角にして女に近づく。

その時、トキは女が前髪に挿していた赤い櫛《くし》に気付いた。素早くそれを引き抜くと、源蔵の目の前に放り投げた。

「何。これ、何？　あんたが買ってやったがけ」

源蔵はまずい！　と横を向くと、トキは卓袱台にあった茶碗を手に取り、源蔵に投げつけた。

がーん。

見事に源蔵の額に命中。源蔵は目をカッと見開いてトキを睨む。

「こっちが下手に出とりゃあいい気になりやがって。テメエで稼いだ金をテメエで好きにして何が悪い！」

逆切れしてトキに摑みかかろうとしたところ、フジとフネが慌てて座敷に上がり源蔵の着物の袖を引っ張った。そのはずみで、近くに座っていた女が弾《はじ》き飛ばされ倒れそうになる。

「危ない！」

小さく叫んで、いとは女のそばに駆け寄った。

「大丈夫け？」

いとの手を借りて、何とか女が体勢を立て直した。女の手は小さく、白く、やわらかかった。

「ありがとお」

いとは女と目が合った。あれ？　その顔に見覚えがある。いとは記憶をたどった。たしかに以前会ったことがある。誰だっけ？　あっ……。

「ヒサちゃん？」

女は怪訝《けげん》な顔をする。

「覚えとらんけ？　薄情な子やね。いとやぜ、いと」

女もまじまじといとを見た。

「あぁ……。いとさん！」

「田んぼで泥だらけになって走り回っとったヒサちゃんが、こんな綺麗になって……」

「いとさんやわ。いとさん」

ヒサは満面の笑みで、いとの手を取った。幼なじみのヒサだった。まさかこんなところで再会するとは……。周囲の喧騒をよそに、いとはひととき幼い頃を思い出し笑顔になった。

その時、どこからともなく異臭が漂ってきた。魚が腐ったような、鼻をつく匂いだ。

と、家の前に集まっていた近所の人々が、二手に分かれて道を作る。そこに、荷車に魚を積んだ老婆がやってきた。白髪交じりの髪を無造作に束ね、単衣《ひとえ》の着物に細帯を締め、かつては高価だったに違いない金糸の入った着物を打掛のように羽織っている。

「清んさのおばばだ！」

誰ともなく、ささやく声がしたので、いとは玄関の方に目を向けた。

おばばが玄関前に手押し車を止めて、腰にぶら下げていた出刃包丁を逆手に持ち、荷台を覆う筵《むしろ》にバンと突き立てるのを見て、いとは肝を冷やした。きらりと光る出刃を見て、近くにいた男たちも一瞬息をのむ。

「一盗二婢三妾四妓五妻《いっとうにひさんしょうしぎごさい》とでも言いたいがけ」

そう言うと、おばばはじろりと鋭い視線で家の中を睨んだ。

一盗二婢三妾四妓五妻とは、江戸時代に好色な男が女遊びをする場合、どんな立場の女性との付き合いが一番刺激的であるかを言ったものだ。男の身勝手な願望を表した言葉を投げつけることで、源蔵が酒屋の女に手を出したことを暗に非難したのだ。

「おばばだ」

「清んさのおばば……だ！」

家の外ではざわめきが広がる。

清んさのおばばの視線が源蔵を捕らえ、さげすむような表情で見ると、源蔵は顔を上げた。

「な、何よ、文句ある言うがか？」

拳を腕を振り上げ、源蔵は殴るように威嚇する。おばばはひるむことなく源蔵を見据え、

「殴るがなら殴ればいっちゃ。ホントあんたゆう男は、自分より強い立場の人間にちゃいつも腰が低いがに、弱い立場の人間にちゃ威張んがやね」

からかうように言う。

清んさのおばばが勝手知ったるトキの家にズカズカ上がり込むと、源蔵は後ずさりした。おばばはそれでも、からかうような表情で源蔵の前に立つ。

「肝っ玉が小さいちゃ、あんたみたいな男のことを言うがやぞ」

おばばはニヤリと笑うと、少し腰をかがめた。

「おまけに器まで小さいちゃぁ救いようがないのぉ」

おばばは源蔵の股間あたりを両手で拝むようなしぐさをして、

「小さいちゃあ。小さいちゃあ」

ニヤリと笑うと金歯が光った。

源蔵は何も言い返すことができず、おばばから顔をそむけた。それを見ていたおかかはみんなで大笑いした。

「そうだ！」

「そうや！」

次々とはやし立て、トキに加勢した。

「どう考えても、源蔵さんが悪いがに」

フジの大声が響く。

「開き直って絶対に謝らん」

「そんな男に嫁いだトキさんに同情してまうわ」

　フネの言葉に、おかかたちが大きく頷いた。

「私やったらとっくに見捨てて逃げとるわ」

　イソが周囲を見ながら言うと、

「そりゃそうやわ」

　他のおかかも続いた。

「私やったら、銭《ぜん》積まれたって嫁にこんちゃ」

　ナミの言葉に、集まっていたおかかからどっと拍手が起こった。おばばという後ろ盾があるので、言いたい放題だ。いとはヒサのことが気になって他のおかかのようにトキの味方はできず、じっと戦況を見つめていた。しばらく無言で立っていた源蔵だが、おかかたちにぼこぼこにされて、ついに膝から崩れるように座りこんだ。

「おいおい。何もそこまで言わんだって」

　情けない声で、がっくりと首を垂れた。

「オラだってつらいやがぞ。外では舟板一枚、下は地獄で仕事して、帰ってきたら気い強い浜の女らちにいたぶられて、こんなながなら樺太に行った方がマシやじゃ」

弱気の源蔵に追い打ちをかけるように、おばばが啖呵《たんか》を切った。

「行けるもんなら行ってんめぇ。お前さんが留守の間、トキさんと子どんたちの面倒くらいワシらちで見とってやっから」

それを聞いたおかかたちは拍手喝采。おばばがトキの方を向くと、

「トキさん、そんでいかろ？」

トキは首を縦に振って、娘たちの方を向いた。

「願ったりかなったりやわ。あんたらもそれでいいけ？」

セツとサダもこっくり頷いた。

「そ、そんな殺生な……」

情けない声で源蔵が体を小さく縮める。おばばは、源蔵のそばによると肩に手をのせて、優しい声で言った。

「トキさんを大事にしてやれや」

源蔵はうなだれて、何も言えない。

「返事は？」

恫喝するようなおばばの声に、源蔵はびくっとして、

「……分かったちゃ」

かすれ声で答えた。それを見ていたおかかから、大きな歓声が沸き起こる。その時おばばがヒサに近づくのに気付き、いとはヒサの着物の端を小さく引っぱった。おばばはヒサの前に立つと、しっかりと見据えて言い放った。

「分かったろ？　ここにあんたの居場所はないがよ」

ヒサはおばばをきっと睨むと、立ち上がり玄関の土間に降りた。そして赤い鼻緒の下駄に足先を入れ、下駄の先を土間に打ちつけると、そのまま源蔵の家を出た。家の前にいた見物人がさっと道をあけた間を、一度も後ろを振り返らずに遠ざかるヒサをいとは何も言わずに見送った。右手に持った籐のかごが揺れている。大丈夫だろうか。いとは、ヒサの行く末を案じた。

女が去ったのを潮に、見物人はそれぞれの家を目指して解散していった。

フジは満面の笑みを浮かべ、清んさのおばばのそばにすり寄った。おばばも満足げな表情を浮かべて手押し車に刺した出刃包丁を抜き取ると、ゆっくりと歩き出した。

おばばが去った家の中では、源蔵が頭を抱えていた。

「浜の女は強《つよ》てかなわん！」

源蔵のぼやきなど耳に入らないように、トキは手にした箒で畳をはいている。割れてしまった壺の破片を集めると、これみよがしに源蔵の前に置くのが見えた。

5

「気ぃつけて行ってこられ」

タキに言われ、いとは肩にかかった手ぬぐいをもう一度確認した。「よし」と気合を入れて、海岸近くに立ち並ぶ米蔵へと向かう。少し歩いただけなのに、首から背中から汗が噴き出す。

「いとさん」

家の中からサチが声をかけてきた。

「今日も暑いがね」

サチは手ぬぐいで姉さんかぶりをしているが、日に日に日焼けが濃くなっている。このところじっくり鏡を見たことがないが、おそらく自分もかなり日に焼けているだろうと、いとは思わず手ぬぐいでくしゃくしゃっと顔をぬぐった。

「まあ。誰が見てくれるわけやなし」

いとは独りごちた。たまに利夫が買ってくれる雑誌には、おしろいを塗り、紅を引いた女性の挿絵が載っている。美しい挿絵を見ている時はいい気分になるが、それを自分でもやってみたいと思ったことはない。いとにとっては、違う世界の出来事だった。

蔵の前には、いつものように大勢のおかかが列を作っている。いとはサチとともに、列の後ろについた。順番がくると蔵の入り口で男衆から米俵を背中に乗せてもらい、浜に係留しているハシケまで運ぶ。

「気張られ」

男衆がいとの背中に米俵を乗せた。ずしんと揺れて倒れそうになったが、ここで倒れたらもう起き上がれない。いとは両脚を踏ん張り、歯を食いしばって幅広の背負い紐を米俵にかけた。

着物は夏用の単衣になり、生地が薄い。米俵のところどころから藁が飛び出して、背中にささって少し痛い。浜に向かって歩き始めると汗が噴き出し、藁のあたっている背中が痛痒《いたがゆ》い感じがして、いとは背中を左右に揺らした。

本格的な夏がやってきた。

男仲士の歌う「ノンキ節」が聞こえてくると、ハシケまではあと少しだ。

♪「天井知らずに　物価が上がっても　湯なり粥なり　すすっていきている
　あゝ　ノンキだね」

何人かの男衆が声を合わせる。

♪「あゝ　ノンキだね」

ちょっこし、もうちょっこしと心の中で自分を励ましながら、いとは一歩、また一歩と足を進め、その度に背中にずしんとのしかかる痛みをこらえ、ようやくハシケまで運んだ。

「ふーっ」

続いてサチも俵を下ろし、二人で大きくため息をついた。あと三回運べば、今日の仕事は終わりだ。再びいとは蔵に向かって歩き始めた。ところが蔵に戻ると、男衆が手持無沙汰にキセルを吸っている。

「どうしたがけ」

「今日はこれで終わりやが」

「ええ。いつもよりも少ないんやないがけ」

先に来ていたフジが怪訝な声で、男衆に詰め寄った。

「もう運ぶ米がないがや。ほれ、蔵の中見てみぃ」

男衆に促され、蔵の周辺にいたおかかが一斉に中を見た。いとも蔵を見て驚いた。

米俵が一つもなかった。

「あんれまっ！」

「どこに行ったがけ。蔵の米は」

「今日の分は終わりやと。問屋から米が入らんかった」

「入らんかったって？」

おかかはみんな、不審そうに顔を見合わせた。夏に蔵に米がないことなど、去年まではなかったことだ。

「ほら。今日の日当渡すから並べ。並べ」

仲士の親方の源蔵が叫ぶと、おかかたちは急いで源蔵の前に列を作った。いともフネの後ろに並び、腰紐に括り付けていた巾着袋に手をやった。巾着の中には一銭の銭も入っておらず、頼りなさそうにぶら下がっている。

「ごくろうさん」

いとは源蔵の前に手を差し出すと、銭を受け取った。列を外れてそっと手のひらをあけると、あったのは二〇銭。男が一日に食べる一升の米が買える銭だ。

いとは振り返り、「これだけ?」と目で源蔵に問うたが、源蔵は行けと手を振るだけだ。

今日はこれでおしまいということか。

せめて三〇銭あれば、米と味噌が買えたのに。いとは子供の悲しそうな顔を思い浮かべながらみんなと一緒に米屋に向かってとぼとぼ歩きだした。

6

川につながる運河の両岸には、数多くの米屋が軒を連ねている。

鷲田《わしだ》商店は河口近くの運河沿いに店があり、たくさんの米蔵を持つこのあたりでもとりわけ大きな米屋である。店先には一斗入りの木桶がいくつも並んでいて、そのどれにもずり落ちそうなくらいに米が積み上げられている。いとはイソとフネと一緒に米屋に立ち寄った。

「米、一升」

いとは銭と米を入れる木綿の袋を差し出した。受けとった番頭は、一升枡で米を計ると、そこから二割ほど差し引いて袋に入れた。

「えっ！　こんだけ？」

いとは思わず叫んだ。番頭はあごで壁の張り紙を指した。

「米一升三十三銭」

墨痕《ぼくせき》鮮やかに、文字が堂々と主張している。

「また。上がっとる」

二十銭では一升の米も買うことはできなくなった。

「一体どこまで上がるがよ」

フネが不満そうな声を上げる。

「こんなに高かったら、たまったもんでないちゃ」

イソも文句を言ったが、番頭は表情も変えない。

「日当より高いちゃ。どーなんがよ。のう」

フネは怒りのこもった捨て台詞を吐いて、結局買わずに店を出ていった。

一方的に値上げする米屋にいとは腹が立ったが、そうはいっても補充しておかないと米びつが空っぽになる。働き手の利夫は漁に出たきりで、いつ戻ってこられるか分からない状況では、この先どうなってしまうのか心配だ。自分の力では、これ以上銭を稼ぐことはできないので、米がなくなったら家族を飢えさせることになる。先の見えない不安を感じて、いとはしぶしぶ高い米を買った。

布袋の米は満タンからは程遠く、情けない程に軽い。重い米俵を毎日担ぐいとにとって、米は重いものなのに、これほど軽いなんて。この軽さが余計にいとを不安にさせる。この先どうやって子供にごはんを食べさせていったらいいのだろうか。母として、何とかしなければという焦りだけが心を占めている。

いとが店から出てとぼとぼ歩いていく後ろ姿を、清んさのおばばがじっと見ていた。鷲田商店の外壁にも、「米一升三十三銭」の張り紙がされている。おばばはその張り紙をじっと見つめ、やがて何やら考えこみ険しい顔になった。

第二章　失敗

1

ジージーと暑苦しく鳴いていたアブラゼミの声が少し収まり、海からの風が吹いてきた。夕暮れになるとさすがに昼間より少しは過ごしやすい。家々の軒先に吊るされた風鈴が、涼しさを連れてくるようにちりんちりんと鳴っていた。

井戸端にはおかかが集まり、夕食の支度を始めていた。いともそろそろ支度にかからなければならないのだが、おととい発行の新聞が手に入ったので、軒下に座ってそれを読んでいた。

そこへ、ほとんど空になった荷車を引いて平次郎《へいじろう》が通りかかった。平次郎は野菜の行商をしている、年の頃は四十代にも七十代にも見える不思議な雰囲気の気のいい男だ。平次郎がおかかたちに気付き、ぴょこんと頭を下げて通り過ぎようとした。

「その、かぶらの葉っぱ、売れ残りやろ。もらってやっから置いていかれ」

トキが声をかけた。荷車には、ぐったりとしおれたかぶらの葉っぱが少しばかり残っている。

平次郎は荷車をとめると、「トキさんには、かなわんのぉ」と言いながらトキに菜っ葉を手渡した。相変わらずのニコニコ顔だ。そのやり取りを見ていた他のおかかも、平次郎の荷車を取り囲んだ。

「何ね。トキさんだけけ？」

ナツが手を出した。平次郎はやはり笑顔で、残っていた菜っ葉の一束を渡した。

「薄情なっさんやあ！」

ミネが口を尖らせて言うと、他のおかかと一緒に菜っ葉に手を伸ばす。平次郎はしょうがないな、と笑いながら菜っ葉を少しずつみんなに渡るように分けて手渡した。菜っ葉はしなびてしまい、片手で持てるくらいの頼りなさだ。しかし、こんな菜っ葉でも、刻んで米と一緒に鍋で炊くと色鮮やかなおじやになる。菜っ葉が入っただけで米の少なさを補って、腹持ちも格段に良くなる。浜では野菜と呼べるものがほとんど採れないので、おかかにとっては本当にありがたい御馳走なのだ。

菜っ葉がすべてなくなると、おかかたちは笑顔で一斉に平次郎に頭を下げた。

「ありがとね」

おかかの声に送られて、平次郎が空っぽになった荷車を引いて去っていった。背中が夕日に照らされてダルマのように赤く染まっている。

「福だるまやね」

「うん。平次郎さんのおかげで助かったわあ。こんなに暑かったら魚も捕れんし」

「魚も米もないちゃ」

「かぁ、飢え死にするしかないってことけぇ？」

ナツが自虐的に言うと、その場のみんなが大笑いした。そんな声にもまったく気付かず新聞を読みふけっているいとのそばに、フジが近づいてきた。

「で、なんて書いてあっけ、いとさん？」

突然声をかけられて、いとはびっくりして顔を上げた。

「だから、なんて書いてあっけ？」

フジがせかす。

「富山の米が値上がりしているのは、北海道にやるからだと。しかも、去年の今頃は蔵に米が二万俵もあったけど、今年はあまり残っとらんとって、書いてある」

「蔵に米がないがなら、これからますます高なってしまうぜ」

ハルの心配に「そいが」「そいが」とおかかたちの声が重なる。

「で、どうしたらいいが」

そう聞かれて、いとは困った表情でフジを見上げた。

「そこまでは書いてないちゃ」

「書いてなーたって、考えたらすぐ分かろぅ？」

フジはみんなに同意を求めるように、周囲を見回す。

「そんな簡単に分からんって」

いとは頭を左右に振る。

「何ね。お勉強が得意ないとさんやったら。何でも知っとる思うたがに」

皮肉を言うフジとのやりとりを見ていたトキが、からかい口調で続けた。

「いくら頭がいーゆうたって、こういう時役に立たんにゃ、絵に描いた餅やぜ」

「そんなが言われても」

いとは反論できない。悪気はないのだろうが、浜の女のモノの言い方には棘《とげ》があるようでいつまでたっても慣れない。浜のおかかの仲間に入れてもらおうと努力はしているのだが、なんとなく気後れするのはこんな時だ。

いとは子供の頃から読み書きが好きだったので、新聞を読むだけならできる。しかし自分の意見を言おうものなら、父親からこっぴどく叱られた。

「女賢《さか》しらすると、ろくなことはない」

何度もそう言われているうちに、何も言えなくなってしまった。それでも子供の頃は親に歯向かっていたが、そのたびに頭ごなしに叱られて、そのうち自分から何かを言うことができなくなった。どうせ言っても怒鳴られるだけだと、諦めてしまったからだ。

フジは菜っ葉の入ったざるを持って立ち上がった。はじめから、いとに解決法など求めていなかったのかもしれない。

「何とかせにゃならんねぇ」

と言うと家に向かって歩いていく。

「何とかせにゃならんね」

他のおかかもそれぞれの家に帰っていく。

いとは、井戸端に一人残された。手に持った古新聞が、はたはた風になびいている。

「何とかせにゃならんね」

誰もいなくなった井戸に向かってそう言うと、いとも立ち上がった。

家に戻り、米びつを開けると底が見えてきた。本当に米がなくなってしまったら、家族五人飢え死にするという恐怖が湧き上がってきた。今日だって豆腐屋からおからを安く譲ってもらい米の嵩《かさ》を増やし、腹を膨らす工夫をしている。でも肝心の米がなくなってしまったら、おからだけになってしまう。何とかせにゃならんと思うのだが、一体何をすればよいのだろうか。

米屋の外壁の米価を書いた紙は、毎日書き替えられていく。ついに米一升三五銭になった。紙に書かれる米価は、毎日毎日変わっていき、日当のほぼ二日分になった。

おかかたちは、「何とかせにゃならんね」が口癖になってしまった。かといって、何をしたら現状を変えることができるのか、真剣には考えていない。というより、考えられないのだ。

いとは残り僅かになった米びつを眺めながらぼんやりしていた。米がない、米を買いたい、米は高い、銭が足りない、米がない……。考えが頭の中で堂々巡りして、出口が見えない。それがまた、いとの不安を一層深いものにしていた。

2

清んさのおばばが、手押し車を押して井戸端近くまでやってきた。荷台にはたくさんの昆布の束が載っている。富山は江戸時代から続く北前船《きたまえぶね》の重要な港だったこともあり、昔から北海道とのかかわりが深い。北前船で富山の米を北海道に運び、空になった船にニシンやイワシ、昆布といった海産物を載せて戻ってくる。ニシンは田んぼの肥料として重宝されていた。

「あ、おばば」

「ほれ、昆布じゃ」

その声に数人のおかかが荷台の周りに集まってきた。いともおかかの後ろに並び順番を待った。中には昆布に勝手に手を出す者もいる。おばばはその手を軽くピシャと叩くと、

「ダラ。誰がくれんけ」

「誰がくれんがけ」

と言いながら、おばばはニコニコ笑って、一人に一束ずつ渡していく。昆布を受け取ると、いとも元気が出てきた。今晩のごはんに昆布を入れて食べさせることができるのが、いとには大変ありがたかった。おばばのこうした気風《きっぷ》の良さも、多くのおかかの信頼を得ている理由の一つだ。

十人近くのおかかが集まったところで、おばばが神妙な顔で言った。

「みんな、米の積み出し阻止に行かんまいけ」

　折よく、北海道へ米を運ぶ大型の蒸気船が富山湾に停泊していた。この大型船に米を積み込むことができないとなったら、地主や船主だって慌てるに違いない。積み出し阻止という実力行使によって、米が高くて買えない窮状を知ってもらい、今まで通りの値段で米を売ってもらえれば、みんなが助かる。

　このあたりでは明治の頃から、米の値段が上がるたびに地元の大地主や米問屋に陳情して今まで通りの値段で米を売ってもらってきた。船への米の積み出し阻止は、陳情よりずっと分かりやすく自分たちの窮状を知ってもらえるはずだとおばばは考えていた。

　これを聞いたおかかたちの顔にみるみる生気がみなぎり、目が輝いていくのが分かる。いとも、そうだった。おばばが考えた作戦なら間違いはない。

「積み出し阻止、いいね」

「さすがおばば！」

　フジはおばばを神様でも拝むようなまなざしで見つめている。

　集まったおかかは、おばばと相談して、明朝、積み出し阻止をしようということになった。そうとなったら話は早い。おかかたちは近所のおかかにも明日の段取りを伝えるために、それぞれの家に戻った。

翌朝早くから、浜の長屋のあちこちからおかかの声が響いた。

「米の積み出し阻止に行くって」

家々のおかかに声をかけた。声をかけられたおかかは外に出ると、別の家の玄関や板壁を打ちながら声をかけていく。

ドンドンドンドンドン。誰かの声がする。

「いとさん、いかんが」

玄関の引き戸がガラリと開いて、フネが顔を出した。いとはすぐに腰を上げた。

「蒸気船が来とんがやて。米を蒸気船に積ませんって。清んさのおばばが言うとる」

「いとさん。早く行かんが」

タキが後ろから声をかける。

行かなくては。いとは頷き、家を出た。

「子供んたちにはごはん、やっとくちゃ」

タキが、いとの背中に声をかけた。

浜へ向かう道では、おかかが一人また一人と増えていく。先頭を行くのは、清んさのおばばだ。おばばにぴったりと寄り添って、フジがいる。トキは漁に使う麻縄を首から下げ大股で歩いていく。何か持ってきた方がよかったのだろうか、そんなことを考えながら、いとはみんなに遅れないように付いていった。

三、四十人のおかかの集団が、浜辺を見渡せる松林までたどりつくと、波打ち際では、男の仲士が米俵を担ぎハシケに積んでいた。沖には大きな蒸気船が停泊しているのが見える。

ハシケの米俵を蒸気船に積ませないようにする！　集まったおかかは、浜辺と仲士の背中にある米俵を目標と定めた。

清んさのおばばが、右手に持っていた杖を天に向かって高々とかかげた。

「米を旅に出すな――――！」

その声をきっかけに大勢のおかかが「わーっ」と声を上げて、ハシケに向かって突進した。米俵を蒸気船に積ませないための実力行使だ。いとも米俵目がけて走り出した。

突然大勢のおかかが突進してくるのを見て仲士は慌てたが、担いだ米俵のせいで思うように身動きがとれない。ついに、おかかに追いつかれてしまった。

二人組のおかかが米俵を背負っている男仲士に襲いかかり、背中の米俵を引きずり下ろそうとする。

必死に男の腰に両手を回し、先へ行かせないにようにぶら下がるおかかもいる。

トキは持ってきた縄を輪っかにして米俵に向けて投げて、引っ張った。米俵を持っていた仲士の男が足を取られ、ずってんと砂浜に背中から落ちる。

ハシケに積まれた米俵におかか三人が飛びついて、引きずり下ろすことに成功したが、男衆に背中を掴まれてしまい米俵を奪われてしまった。男の仲士も大事な米俵を持っていかれまいとして、必死の防戦だ。

いとは男仲士が引きずっている米俵に両手でしがみついたが、俵ごと砂浜を引きずられた。体重をかけて止めようとするのだが、女一人の体重ではとても止められない。砂浜をずるずる引っ張られる。もうだめだ！　手を離すと体が砂浜に投げ出された。

ぴーっ！　ぴーっ！　ぴーっ！

その時、喧騒を引き裂くような警笛のする方を見ると、警察官が四方八方から走ってくるのが分かった。

「やめい！」

「やめい！」

浜に投げ出されたいとの目の前に、革のブーツが立ちはだかった。いとが顔をあげると、口ひげを生やした警察署長の熊澤《くまざわ》が仁王立ちしている。

「ちゃべちゃべと女ごときが。恥を知れ！」

熊澤の怒鳴り声に、いとは心臓がきゅんと縮まりそのまま体が固まった。

いとがのろのろと起き上がると、熊澤は、

「ちゃっちゃと家に帰れ！」

手で追い払うようなしぐさをした。

ほかの警察官は、おかかたちを米俵から引き離している。おかかに恨みはないが、警察官は黙々と、おかかから米俵を取り上げていく。警察官にとっては、これが仕事なのだ。

なんでじんだはん（警察官）がこんなに早く来たのか。おばばはいぶかったが、今はまず退却だ。

「ひけい！　ひけい！　じんだはんだ！　ひけい」

おばばが声を限りに叫ぶと、浜のおかかは米俵をその場に置いて、我先にと松林に向かって走っていった。

おかかの消えた浜辺に点々と残った米俵を仲士が拾いあげ、何事もなかったようにハシケに運んでいく。米俵を山と積み込むと、ハシケは沖に停泊する蒸気船に向けて出発した。たくさんの米俵を載せたハシケが次々と波を蹴って進む。そして蒸気船は米俵を大量に積みこむと、ボーボーとのどかに汽笛を鳴らしゆっくりと動き出した。

いとは大勢のおかかとともに、出航する蒸気船を松林から見つめていた。中には涙を流している者もいる。おばばは悔しさを隠し切れず唇を固く閉じていた。いとは、そんな情けないおばばの表情を見たことはなかった。

私はこの米積み出し阻止の様子を、松林からずっと見ていました。もう少しというところで警察官がやってきたために、積み出し阻止は失敗。彼女たちが決死の覚悟で行動したにも拘らず、蒸気船に乗った米は遠く北海道に運ばれて行ったのです。

がっくりとうなだれる大勢のおかかを見ていたら、ふいに歌が頭に浮かびました。添田唖蟬坊の「あきらめ節」です。

♪「あきらめなされよ。あきらめなされ……」

うなだれて無言で歩く大勢のおかかの気持ちを代弁しているようで、切なくもある歌です。何をしても、結局は無駄だということでしょうか。庶民だから。時代だから。女性だから。

♪「……あきらめられぬとあきらめる」

さあ、社に戻り今日の出来事の記事をまとめることにしましょう。

3

大阪の中心部。

越中富山の浜の集落とは違い、ハイカラな大正浪漫の風が吹き、個人の自由や新しい時代への理想が街並みや人々の服装や表情にもあらわれている。

明治以降、日本は鉄道網の発達と足並みをそろえて都市基盤の整備が進んでいる。西欧から録音機や活動写真が日本にもたらされ、記録用としてだけでなく娯楽としても徐々に広がっていた。

電報や電話技術が発達したことで遠くの場所への通信も可能になり、加えて新しい印刷技術が入ってきたために新聞や書籍、雑誌がさかんに作られるようになった。これらの新しいメディアによって、文化や情報が伝播するエリアも飛躍的に拡大していったが、その先頭を走っていたのが、新聞社だった。

大阪新報社もその一つで、社屋は立派な階段をもつ、聳《そび》えるような大理石の建物である。流行《はや》りのニッカボッカをはいた記者がカメラマンと一緒に建物から飛び出してきたり、パラソルに洋装の女性が階段を上る姿もある。

全国に六百社あまりの新聞社が乱立し、読者獲得にしのぎを削っていた。大阪新報社も例外ではなく、より刺激的な記事やスクープで読者にアピールしようと奮闘していた。

編集部には大勢の記者や編集者がいて、活気に溢れている。部屋の奥のデスクで、編集長の鳥井鈴太郎《とりいりんたろう》が熱心に富山日報を読んでいた。

「おい。一ノ瀬」

鳥井は新聞から顔を上げると、若手の記者を呼んだ。

「はい」

一ノ瀬は、鳥井のデスクに駆け寄った。

「お前、明日から富山だ」

鳥井は新聞から目を離さずに言う。

「富山、ですか？」

「これ見てみ」

鳥井は手にしていた新聞を示した。

「浜の女房、米は積ませぬ」の活字と浜の写真が、一ノ瀬の目に飛び込んでくる。

「浜の女たちが、蒸気船を襲ったらしいで。これはおもろい。実に面白いやんか。

続報、期待しとるで、一ノ瀬」

鳥井は新聞を一ノ瀬に手渡すと、目を輝かせた。状況が理解できない一ノ瀬は、頭を下げて自分の机に戻った。

「富山か……」

一ノ瀬は出張手続きを終えて家に戻り支度を整えると、停車場にやってきた。富山までは蒸気機関車で九時間の道程である。富山では、薬種問屋の池田模範堂にやっかいになるよう言われていた。だから宿の心配はない。

汽車の座席につくと、一ノ瀬は手渡された富山日報の記事を読み返した。浜の女たちが何かとんでもないことをやったらしいが、何が原因で、何が起こったのか今一つ理解できなかった。しかもこの浜の女たちが、何者なのかが分からない。

「まあ。地元で話を聞いてからだ」

一ノ瀬は目をつぶった。ガタンゴトンと規則正しい音を聞いているうちに、深い眠りに落ちた。

最寄りの駅から人力車に乗り換え、池田模範堂を目指した。到着したのは、思っていたよりも大きな構えの薬問屋だった。

と、大粒の雨が落ちてきた。

夕立だ！

一ノ瀬は、慌てて暖簾《のれん》をくぐって中に入った。漢方薬の甘いような苦いような匂いが漂ってくる。

「ごめんください。ごめんください」

一ノ瀬が声をかけると、前掛けをした女性が奥から出てきた。店の奥の方から、かすかに子供の声がする。

「どちら様で」

「私は大阪新報社の一ノ瀬と申します。今日からこちらにご厄介になります。会社から連絡があったかと思いますが」

「はあ。聞いとります」

その時、大勢の子供の声が聞こえた。

「あの子供たちは？」

「両親ともに働きに出とるがで、学校が終わると、雪《ゆき》お嬢さんが寺子屋のようなことをやって子どんに勉強を教えとるがです」

「はぁ……」

「お嬢さんを呼んできましょかね」

「いいえ。勉強が終わったところで私の方からご挨拶に行きますので」

「じゃ。こちらにお掛けになって待っとってください。暑いがでしょ。麦湯でも持ってくるがて」

一ノ瀬は薬箱が並んでいる奥の部屋に続く板張りの上がり框《がまち》に腰かけた。

「そろばんの代が八〇銭、本の代が三〇銭、万年筆の代が一円八〇銭です。みんなでいくらでしょう」

雪の声がとぎれとぎれ聞こえてくる。

「はい」

「はい」

「はい」

元気に子供が手をあげているようだ。

「なら。おみつちゃん」

「はい。二円九〇銭です」

「はい。大変よくできました」

子供たちから拍手が沸き起こる。

「じゃ、今日はこの辺で」

終わりのようだ。

一ノ瀬は、教室となっている座敷の縁側に回った。着物に胸高の紫の袴をつけた若い女性が、怪訝な顔で一ノ瀬を見る。

「あの。どちらさまですか？」

一ノ瀬は上着の内ポケットから名刺入れを出した。

「申し遅れました。私は大阪新報社の一ノ瀬です」

「あっ、あなたが。失礼しました！」

名刺と一ノ瀬を交互に見る。意外に若い記者だと雪は思った。

「しばらくの間、ご厄介になります」

一ノ瀬は深々と頭を下げた。

4

翌日、雪は一ノ瀬を連れて浜に出かけた。

どこまでも晴れ渡った青空の真上近くに太陽が近づき、富山湾をギラギラと照らしている。振り返ると立山《たてやま》連峰が遠くに見えた。

ハシケへと米俵を運ぶ女仲士の列が続いているのを見て、一ノ瀬は驚いた。あんな重たそうな俵を女性が担いでいる！

茫然として見ていると、それに気付いた雪が一ノ瀬に話し始めた。

「一ノ瀬さん。このあたりだと七月八月を鍋割《なべわ》れ月《づき》と呼ぶがです」

雪はパラソルを指しているが、傘の生地を通して容赦なく太陽が降り注いでいた。

「鍋割れ月、ですか？」

「はい。鍋が割れる月とかいて鍋割れ月です」

一ノ瀬は意味が分からず、頭を横に振った。

「夏になると不漁が続いて鍋に入れる物が少なぁなって、火を点《つ》けると鍋が割れてしまう、という意味ながです」

「なるほど」

「そんな厳しい夏の間も、お父さんが出稼ぎ漁に行っとる時は、お母さんが家計を支えんといけんくて。稼ぎのいい仲士の仕事をするしかないがです」

一ノ瀬と雪の脇を、米俵を担いだおかかが何人も通り過ぎていく。

「では暴動の時、あの人たちは大丈夫だったんですか？　突撃されてケガしませんでしたか？」

雪は意味が分からず、きょとんとした。

「暴動……があったがですか？」

「米を運んでいる人が襲撃されたと聞いていますが？」

雪は笑い声をあげた。

「暴動ちゃ、そんな大げさな。それに、あの女の人たちが襲撃した張本人やし」

「ええっ！」

今度は一ノ瀬がきょとんとして雪を見た。あの女性たちが、男の仲士を襲ったということが、にわかには信じられなかった。体も小さいし、必死に米を運んでいる姿を見ると、暴動を起こすようにはとても思えない。

米俵を運ぶおかかがひっきりなしに一ノ瀬の脇を通る。中には砂に足を取られて転ぶ人もいて、男衆が駆け寄って助け起こしている。もしあの男衆が襲われた張本人だとしたら、襲った相手を助け起こさないのではないか。もしかすると、暴動などというものはなかったのではないか。どうも、米の積み出し阻止には何か深い理由がありそうだ、と一ノ瀬は考えていた。

米俵を担ぐ女性の姉さんかぶりの下では、日焼けした顔に大粒の汗が滴《したた》っている。

時にはうめき声を上げながら、それでも一歩一歩ハシケまで米を運んでいる。陽光に照らされ陽炎《かげろう》のようにゆれるおかかの列を、一ノ瀬は言葉もなく見つめていた。

寺内正毅内閣はいよいよシベリア出兵を決断したらしい、この噂が広がっただけで米価はジリジリと上がり始めました。シベリア出兵となれば、現地に出かける兵隊のための食糧確保は欠かせません。日本が本格的にシベリア出兵を始めれば、米はいくらあっても足りなくなります。出兵した兵隊のためならば、政府はどんなに高くても買いあげるはずと読んだ投機筋が、米の買い占めと売り惜しみをしたために米の値段が上がっているのです。

私も連日、米価高騰の記事を書いています。

米価高騰に大義などなく、あるのは利益を上げたいという経済論理だけ。利益追求という投機筋の欲望の対極で、おかかはお腹をすかせた子供にごはんを食べさせなければならないという現実に直面していました。

5

いとはいつものように、近所のフジ、フネ、ナミ、イソと一緒に米を買いに鷲田商店にやってきた。店先にある一斗桶にはほとんど米がなく、樽底が見える。壁には「米一升三十八銭」の紙が貼ってあった。いとはその値段を見てため息をついた。

「また、上がった」

イソが店先にいた番頭に声をかけた。

「もうちょっこし、何とかならんけ？」

「米屋ばっかり儲けやがって」

フネに続き、フジも文句を言う。

「タダでくれーちゃ言うとらんがやぜ」

「今まで通りの値段で売ってくれりゃあ、そんでいいがやちゃ」

ナミが番頭の目の前に、米を入れる布袋を差し出した。それまで黙っていた番頭だったが、

「買わんがなら帰ってくれや」

おかかを店の外に追い出して、戸を閉めてしまった。目の前で閉ざされた戸をみんなでどんどん叩く。

「開けられよ」

「開けられよ」

声とともに、戸を叩く音も大きくなる。しかし番頭は無視し続けた。

「かあ、ダメやわ！」

「だちかんなー」

「どもこもならんのぉ」

いとたちはすっかり途方にくれた。帰ろうか、それとももう少しここで粘るか。決めかねていた時に、イソが店の二階を指して言った。

「かあ。ここなちの女将の仕業やちゃ」

いとは他のおかかたちと同様に店の二階に目を向けた。

「あの強欲《ごうよく》ババア。どこまで米の値段を上げるつもりかね」

フネの怒りは鷺田の女将とみに向かう。

「ワシら貧乏人からふんだくって、心が痛ならんがかね」

女将をネタに悪態をつくが、店の戸はしまったきり開く気配はない。

その時、鷲田商店の二階の障子がほんの少し動いた。隙間から鷲田の女将がそっと下を覗いている。眉間にくっきりと縦じわが刻まれ、怒りで口がひん曲がっている。

勝手なことを言いくさって！　声が聞こえるたびに、鷲田の女将の怒りが沸騰する。

店先にいた五人は、一縷《いちる》の望みを込めていよいよ激しく戸を叩く。いくらやっても戸は開かないのだろうが、どうにも腹の虫が治まらないのだ。

どんどんどん。

戸を激しく叩いたが、案の定何の反応もない。

どんどんどん。

戸は開かない。

ダメか……。仕方がない、今日はこのまま帰ろうか。いとが振り返った時、誰かが近づいてくるのが目に入った。

このあたりでは見かけない若い男だ。

止まったいとの視線を、他のおかかも追った。若い男がこちらを見ている。ワシらちをなぜ見ているのだ。いとは警戒して近づけないが、浜の女は遠慮がない。

「兄ちゃん、どうかしたがけ?」

イソがずかずかと男に近づき、上から下までなめるように見た。

「まさか米買いに来たわけじゃないがやろ?」

胡散臭《うさんくさ》いものを見る目で、フジも男に詰め寄った。一ノ瀬は慌てて上着のポケットから名刺を出した。

「大阪新報社の一ノ瀬と申します」

フジはもらった名刺を後ろのいとに当たり前のように渡して、一ノ瀬に近づいた。敵か味方か測りかねている。いとは渡された名刺と男の顔を交互に見て言った。

「大阪の記者さんけ? なんでわざわざ……」

フジは警戒感をあらわにしていた。

「米の積み出し阻止の続報を書くために来ました。僕はあなたたちの窮状を記事にしたいんです」

一ノ瀬はカバンから富山日報を取り出し、フジの目の前に差し出した。

「よかったら、これ」

フジがいとの袖をひいて、新聞が見える位置まで引っ張ってきた。いとは見出しを読んで、目を大きく見開いた。

「もしかしたら、これ？」

「はい。積み出し阻止の記事です」

「はぁ、ひっどいもんやねぇ」

「何がひどいがいね？」

「ワシらちが暴動を起こした、ゆうて書いてあるがやわ」

「暴動？」

フジが呆れて笑い出した。

「あれがか？」

他のおかかも大声で笑っている。

「僕は、暴動は言い過ぎだったと思うのです。正確な記事を書く必要があります。それもできるだけ早く」

一ノ瀬は真剣な眼差しで訴えた。嘘はついていないようだと感じたいとは、少し警戒を解いた。

「そうけ。ほんとにちゃあんとやってくれるがやったら……」

フジもまんざらでもない顔をしている。

「もう一度、行動を起こしてくれれば、それを取材して記事に書きます」

いとは、自分たちが米の積み出し阻止をした理由を正確に書いてもらえば、役場や地主さんも生活の苦しさを理解してくれて、米が少しは安く買えるかもしれないと思いついた。

「もう一度積み出し阻止をしてはどうけ」

いとは、みんなに諮《はか》った。

「でも。また積み出し阻止したところで、ねえ」

フネはすっかり諦めている。何しろついこの間、じんだはんに蹴散らされたばかりだから、今更やってもという気持ちになっているのだろう。でも何か方法はあるのではないか、いとは考えた。新聞に自分たちがなぜこんなことをやるのかを書いてもらえば、多くの人に知ってもらえて騒動を起こした甲斐がある。逆に何かしないと、新聞は書いてくれないだろう。

では、一体何をすればいいのだろうか。じっと考えていたいとの心に、ある顔が浮かんだ。目の細い男の顔。

「なら、黒岩《くろいわ》さんとこは？」

以前米の値段が上がった時、素封家の黒岩さんのところにお願いにいって、米を分けてもらったことがあった。また黒岩さんに陳情するところを取材してもらえばいいのではないか。

「黒岩さん……ですか？」

一ノ瀬は怪訝な表情を見せる。イソが説明した。

「大地主なんぜ。米の移出も手掛けとる」

「その黒岩さんに、どうしてもらうんですか？」

「米を安くしてもらうがよ。前にもいっぺんお願いしたこともあっし」

何年か前にも米価が高くなった時には、お願いに行ったら、黒岩が施し米を出してくれたうえに、今まで通りの値段で売ってくれたことがあると一ノ瀬に説明をした。

「ぜひ、それを取材させてください」

一ノ瀬の目が輝いた。

黒岩仙太郎《せんたろう》は多くの小作農を抱える大地主で、米問屋も営んでおり大型の蒸気船を何隻《せき》も持ち貿易業でも成功している。この辺りの税金の七割以上を払ってくれている大金持ちだ。

浜から少し内陸に入ったところに総二階の豪邸がある。木製の格子にぐるりと囲まれた家は、外からは中の様子はまったく見えない。

一階にある居間には洋風の家具が置いてあり、その上にラッパ形のスピーカーがついた蓄音機が置かれていた。SP盤のレコードからは、大流行している人気女優松井須磨子が歌う「宵待草《よいまちぐさ》」が流れている。

その横には大型のソファがどっしりと置かれ、上等な絽《ろ》の着物をきた黒岩仙太郎が座っていた。向かい側の椅子に座る警察署長の熊澤は大きな体を小さくしている。

熊澤は黒岩の目の前に新聞記事を差し出した。

見出しには「米は積ませぬ」と大きな活字が躍っている。次は自分のところが狙われると心配した黒岩が、熊澤を呼んだのだ。

「先手を打って、もういっぺん奴らに施し米をお与えになる、というがは如何《いかが》でしょう」

熊澤がおずおずと言った。黒岩はカッと目を見開くと、持っていた扇子で熊澤の頭をぽんと叩いた。

「こっちが与える前にそのうちあっちからくっちゃあ。そやけど、ありゃあ騒ぎ収めるために仕方なくやったことや。そもそもウチの米蔵には、細民どもにくれてやる米なんて一粒もない。熊澤、分かっとろぉ？」

ねばりつくような黒岩の声に、思わず熊澤はソファから立ち上がり、直立不動のまま言った。

「お任せください。我々が盾となり、どんな手ぇを使っても黒岩さんをお守りします」

「頼りにしとっぞぉ」

「この熊澤、黒岩さんと出会わんにゃあ、間違いなく野垂れ死んでおりました。警察署長にまでなれたがは、黒岩さんの援助とお力添えがあってこそです。この御恩は一生かけて返すつもりです。なんなりと！」

背筋を伸ばし右手で敬礼した熊澤を見上げる黒岩の目はしかし、笑ってはいなかった。

6

井戸端には大勢のおかかが集まり、清んさのおばばを取り囲んでいた。いとは一ノ瀬からもらった新聞をおばばに差し出した。

「何て書いてあんがじゃ？」

おばばの迫力ある声に、いとは何も悪いことをしているわけではないのに身が縮む思いがして一瞬体がこわばったが、ようやく見出しからおずおずと読み始めた。

『米は積ませぬ』

手渡された新聞の記事は、浜での積み出し阻止の写真とともに、大きな見出しが付けられていた。

「見出しの後に、少し小さな文字で、『細民海岸に喧騒《けんそう》す』『如何《いか》なる暴動をも惹起《じゃっき》せんも計られず』と書いてあります」

それを聞いていた清さのおばばの顔が、徐々に歪《ゆが》んでいく。

「暴動？　新聞ゆうがは、あこぎな商売やのぉ。尾ひれつけるにしても、程度ゆうもんがあるやろが」

取り囲んでいたおかかたちは一斉に頷く。いとも同じ思いだった。暴動など起こした覚えもない。米の積み出し阻止をして、自分たちの窮状を訴えたかったのであって、米を奪って自分のものにしようなどとは誰も思っていない。

「だから、大阪の記者さんが、正しい記事を書きたいゆうて。そのために黒岩さんとこにみんなで行かんまいけって」

いとが説明すると、おばばが顔を上げた。

「はぁーん。悪ないねぇ」

おばばはそばに侍《はべ》っていたフジを手招きすると、小声で段取りを伝えた。善は急げという。フジはおばばの命令をしっかり受け止めると、

「分かった。声をかけて集めるちゃあ」

威勢よく立ち上がり、それを合図に他のおかかも四方八方に散っていった。

夕暮れが近づく頃、路地に立ち並ぶ家々の前を「かかども出んか」「おかか、出てこられ」という威勢のいい声が響き渡った。その声に呼応するように勢いよく家の戸が開いて、おかかが飛び出してくる。おかかたちはすでに長くなっている列の後について進み、途中の家の戸を叩いていく。いとも近所の家の戸を叩き、おかかを誘った。

フネが家の前の床几《しょうぎ》で夕涼みしていると、フジが歩いていくのが目に入った。

「どこ行くがいね？」

「黒岩さん家ぃね」

「さー、いいわ」

フネは立ち上がると、そのままフジとともに歩きだす。列が進むにつれ人数が増

えていく。途中から加わったおかかは、声をかけて別のおかかを誘い出す。消火の時のバケツリレーのように、声に応じておかかが出てきて列に連なり、その行列が伸びていく。いとは遅れないよう後ろからついていった。

行列の先頭を率いる清んさのおばばは、背筋をしっかり伸ばし堂々と歩いていく。遠くまでおかかの隊列が伸びて、後列は見えないほどになっていた。

一ノ瀬は商店の軒下で、粛々と行進するおかかの行列を観察し、筆を走らせていた。

そこへ八百屋の平次郎が荷車を引いて通りがかった。一日の稼ぎを終えたのか、荷車の野菜はあらかたなくなっている。いとは平次郎に気付き声を掛けた。

「あれ、平次郎さん。一緒にどうけ？」

「へ、へぇ」

平次郎は何をするか分からなかったが、仕事も終わったのでいとに誘われるままに荷車を引いて列の最後尾に加わった。夏の宵の散歩気分で平次郎がみんなと一緒に歩いていると、街角で警戒をしていた警察官の本郷《ほんごう》が突然飛び出してきた。

「おい、そこのオヤジ！」

平次郎はキョロキョロとあたりを見回す。

「お前じゃ。オヤジはお前しかおらんやろ」

本郷が平次郎の行く手を遮《さえぎ》る。

「へぇ」

「こっちへ来いま！」

本郷は平次郎の着物の衿を摑んで列から引き離すと、近くにいた他の警察官三人も駆け足で寄って来た。

「貴様を逮捕する」

逮捕？　平次郎は何が起こったのか分からない。その様子を見ていたいとやおかかたち、そして一ノ瀬も、なりゆきを見守っている。

平次郎を引き立てていこうとする警察官に、いとが駆け寄った。ハルとナツほか何人かのおかかも、いとに続いた。

「平次郎さんを何で連れていくが」

「返されや」

「なんね？　返されや」

必死に警察官に訴えるが、取り合ってもらえない。ついには、ハルが警察官の前に回った。

「なんで平次郎さんを逮捕すんがいね」

「騒動に参加したからやちゃ」

それを聞いたいとが、警察官に抗議した。

「そいがなら、ワシらも同罪やぜ。わしらち全部一味やぞう」

「そや。一味やぞう」

おかかたちが、口々に叫ぶ。

一ノ瀬は、いぶかった。なぜこんな理不尽なことが起こるのだ。あとから参加した平次郎を逮捕することに、どんな意味があるのだ。

「平次郎さんと一緒に逮捕せぇま！」

ナツが警察官に詰め寄ると、いととハルも「逮捕せぇ」と警察官を取り囲んだ。

「何ダラ（バカ）なことを。ちゃっちゃと帰れ」

警察官は精一杯威厳を込めて命令するが、おかかは一歩も引かない。

女子供に関わっている暇はないと、警察官は平次郎を引き立てていく。何を言っても取り合ってもらえないので、いとを先頭に何人かのおかかも警官のあとについていき、ついに新町警察署の玄関までやってきた。

警察官は平次郎を警察署の中に無理矢理引きずり込み、抵抗する平次郎を留置場に放り込んだ。

いとは仲間と一緒に警察署の中に入ろうとしたが、入り口で警備していた警察官に阻止され入れない。

「ちゃっちゃと帰れ！」

と言うと、警察官は入り口を閉めてしまった。

しかし、いとは諦めなかった。

「平次郎さんを返せ」

「どうして逮捕したがや」

「逮捕するまで帰らんぞ」

おかかのあまりの五月蠅《うるさ》さに、扉を開けて副署長の本郷が困った顔で出てきた。

それを見て、

「よーし。平次郎さんを返してくれないがやら、ここで座って待つ」

いとは、本郷の制止を無視して警察署の前にどっかり座り込んだ。他のおかかも同様に土の上に座り込む。

「立て！　立て！　立たんかい！」

本郷は大声で叫ぶが、誰一人立ち上がらない。

「逮捕するまで帰らんぞ」

「逮捕するまで絶対帰らんぞ」

念仏のようにおかかが次々と同じ言葉を唱えていく。

まったく、署長がいない時に、面倒なことを。これだから女は始末が悪い！　こちらの手を煩わせやがって。本郷は腹が立ったが、このままにしておくと、警察としても面目が保てない。

「どうするか」

本郷は思案した。もし平次郎と一緒に女たちを逮捕すれば、公の報告書に記載しなければばならない。それはあってはならないことだ。盗みや傷害など罪を犯した女ならまだしも、たんに騒ぎを起こしただけの女を逮捕したことが記録に残るのは、絶対にあってはならない。騒いだ程度で女ごときを逮捕するなど、警察の沽券《こけん》に関わる。警察官たるもの、そんな前例のない不名誉なことをしてはならないのだ。

しかし、警察署の前に座り込んだ女たちは、一向に動く気配はない。このまま居座られたら、面倒なことになる。本郷は困り果ててしまった。

一方、留置場に入れられた平次郎は、何が起こったのか分からず、ポカンとしていた。それもそのはず。ただ「一緒にどうけ」と誘われ、歩いていただけなのだから。

7

清んさのおばばはその頃、おかかの隊列を引き連れて、闇をつき黒岩邸を目指しずんずん歩を進めていた。道の突き当たりに黒岩邸がぼんやり見えてくる。いつもは電気がともっている家は、闇に溶けそうなほどに暗かった。

清んさのおばばは立ち止まり、黒岩邸を見上げていた。おばばにぴったりと寄り添っていたフジが、おばばが立ち止まったのを確認して黒岩邸に向かって大声を上げた。

「ワシらち。黒岩さんしか頼れる人がおらんがよ」

その声を皮切りに、おかかが口々に訴え始めた。

「どうか米を安く売ってくれんけ」

「売ってくれんけ」

「米を安う売ってくれんけ」

「ただでくれとは言わん。今までの値段で売ってくれればいいわいね」

「ワシらち、施しがほしいわけじゃないが。今までの値段で安くうってくれんけ」

声は闇に吸い込まれていくだけで、返事は戻ってこない。家の中は相変わらず静まり返ったままだ。

この声は、黒岩邸二階の窓際に待機していた警察署長の熊澤の耳には届いていた。しかし、熊澤は両手を広げて、周囲に待機している警察官を押し留めている。

「まだやぞ、まだやぞ」

熊澤は待機している警察官を小声で制した。

「黒岩さーん」

「お願いします」

「頼んちゃー」

「黒岩さーん」

おかかたちの声が重なりだんだん大きな波となって押し寄せる。そして、あたりの空気を震わせるようなひときわ大きな声が響き渡った。

「黒岩さーん！」

清んさのおばばだ。

おばばの声に、熊澤をはじめ警察官は緊張した。いとたちを置いて行列を追いかけてきた一ノ瀬も、息を止めて展開を見守っている。

静寂があった。

「中におんがやろ？　顔くらい出してくれんかねぇ？」

迫力のあるおばばの声が聞こえるが、家の中の熊澤ははやる警察官を制していた。

「まだや」

熊澤は二階の格子窓の隙間から、家の前に集結したおかかの群れを眺めた。じっとこちらを見上げている多くの目に、腰が引けそうになるのをぐっとこらえた。

二階を睨むおばばの小さな金歯が、闇の中で上下に動く。

「ここにおるみんな、助けを必要としとる。あんたの男気、見せてくれんかね」

これを合図に集まったおかかが「おーっ」という雄叫びを上げた。

「今だ！」

熊澤の合図で、待機していた警察官が家中の電灯をともした。真っ暗だった黒岩邸の明かりという明かりがともされ、闇に家が浮かび上がった。おばばは、黒岩が出てくるものと思い、表情を緩め家の方に近づいた。

その時、家の玄関が勢いよく開き、白い制服姿の警官が一斉に飛び出してきて、おばばの前に立ちはだかった。

清んさのおばばは思いがけない展開に一瞬たじろいだ。しかし、態勢を立て直し仁王立ちになって取り囲んだ警察官を睨んだ。そこへ、熊澤が屋敷から飛び出してきた。

「どうしたが?」

「何?」

「見たぞ、見たぞ!」

熊澤は手に持った電灯をゆっくりと移動させ、おかかの顔、一人一人を確かめるように照らしていく。

「あんたらの顔を覚えたぞ」

右から左へと電灯を動かして、何度もおかかの顔を照らす。そして、最後に清んさのおばばの顔を照らすと、熊澤が警告した。

「次やったら逮捕すっからな」

しかし、その言葉には迫力がない。おばばは、熊澤を睨みつけた。何も悪いことをしていない、ただ黒岩にお願いにきたのに、どうしてじんだはんが邪魔をするのだ。しかも、今度やったら逮捕するという。ワシらちが何をやったというのだ。お願いに来ただけではないか。

いよいよ熊澤は困った顔で、「頼んから、帰ってくれんけ」と解散を命じた。大勢の警察官がおかかの集団を取り囲み、少しずつ来た道の方に押し返していく。おかかは列を崩しながら後ずさっていった。列から飛び出し黒岩邸に駆け寄るおかかもいたが、警察官に取り押さえられ家に近づくことさえできない。おかかは結局、黒岩邸から戻らざるを得なくなった。

最後まで状況を見つめていた一ノ瀬は、目の前の展開が理解できなかった。黒岩に陳情して、米を安く売ってもらうのではなかったのか。それなのに、なぜここに警察官が待ち伏せしていたのだ。

同じ頃、新町警察署の留置場の扉が開いた。

「おい、出ろ」

平次郎は両側を警察官に抱えられて、警察署の入り口まで連れてこられた。玄関先で座り込みを続けるいとに、本郷が声をかけた。

「ちゃっちゃと帰れや。頼《た》のんぞぉ」

そう言うと、本郷は平次郎と麦わら帽子を地面に放り投げた。いとは急いで地面に倒れ込んだ平次郎を助け起こした。

「平次郎さん！」

他のおかかも、わっと平治郎を取り囲んだ。みんな安堵の顔だ。

「さあ、もう終わり。帰った帰った」

若い警察官の声に、いとは平次郎と一緒に道を戻り始めた。

8

「ごめんね。平次郎さん」

「いんや。いとさんのせいじゃないがよ」

「でも、ワシが声をかけなかったら、捕まることなんかなかったがに」

何も関係ない平次郎を、こんな目に遭わせてしまった。申し訳ない気持ちでいっぱいで、いとは何度も頭を下げた。

「いいちゃ。いいちゃ。いとさんのせいじゃないがよ」

平次郎が言ってくれたので、いとは気持ちが少し楽になった。他のおかかも「平次郎さんが釈放されてほんと、よかった」と言いながら歩いている。平次郎を留置場から解放できたことで、みんなの顔に笑みが浮かんでいた。

大通りに出るところで、向こうから集団がやってくるのが見え、いとは一瞬にして現実に引き戻された。

あっ！　黒岩邸！　その時、

「あっれ、いとさんじゃないけ。奇遇やねぇ」

清んさのおばばの目いっぱい皮肉のこもった言葉に、いとはその場に固まった。

「こっちは黒岩さんちからの帰りながやぜ」

おばばの眉間にはしわが寄り、声には怒りがこもっている。いとはいよいよ緊張した。

「何で黒岩さんちに行ったと思う？　誰やらに唆《そそのか》されてよ。それなんに、その誰やらはとんずらこいてしもてよぉ」

とんずらこいたなんて、そんな。でも、いとは何も言い返せない。

「ひっどい話だと思わんけ？　こっちは一杯食わされたがよ。このワシにこんな仕打ちをするがちゃ、よっぽどの理由があったがやろねぇ」

「あの、それは……。平次郎さんが警察に捕まったから、助けに行こうと……」

「言い訳ちゃみっともないぜ」

いとの言葉をフジが厳しい声で遮った。

「自分の非を素直に認めたらどいがいね？」

「いとさんのことやし、こうなるがは分かっとったけど」

トキの理不尽な一言が刺さる。何もできずに追い払われたことがよほど腹立たしいらしく、その憤りをいとにぶつけるトキに容赦はない。いとは言い訳さえできず、みんなの非難を受けるしかなかった。

「頼むからみんなを振り回さんといてぇ」

「まあ、頭でっかちのいとさんらしいちゃねぇ」

いとは説明したいのだが、どこからどう説明したら分かってもらえるのか。

「黒岩さんちは、じんだはんが先回りしとった。せっかくみんな集めたんに無駄足だったたちゃ」

清んさのおばばが、いとをじろりと睨む。

まさか、そんなことが……。いとは思いがけない顛末《てんまつ》を聞いて、言葉を失った。

「いいけ、いとさん。いい加減な気持ちで事を起こすとこうなるがやぞ。よう肝に銘じとかれや」

そう言い残すと、おばばは去っていった。おかかたちもぞろぞろ後に続く。

黒岩さんの家に警察官がいたって？　まさかそんなことが……。

こっちは警察官が平次郎さんを逮捕したから、連れ戻しにいっただけなのに。いとは何一つ説明できないまま、立ち尽くすことしかできなかった。体全体から怒りを発しながら遠ざかっていくおばばを眺めながら、いとは情けなさに、その場にへたり込んでしまいそうだった。


夜遅くトキが家に戻ると、源蔵が不機嫌な顔をして酒を飲んでいた。

「あっれ、まだ起きとったんかいね？」

トキが声をかけると、源蔵は酒の入った茶碗をドンと卓袱台に置いた。

「もう騒動には首を突っ込むな」

「えっ？」

「オラが仲士の仕事をしとる間は、食いっぱぐれることぁないがやら」

「そういうワケにはいかんちゃ。それに世の中変わればぁ、あんたの仕事だってどうなっか、分からんかろぅ？」

冗談めかすトキに、源蔵はグイっと酒をあおった。

「とんだ入れ知恵されたもんやのぉ。あの小賢しい女に」

「小賢しい？　はあん、いとさんのことけ」

「ああいう女がいっちゃんやっかいやねか。いいかあ、あいつが何ゆうても相手にせんがやぞぉ」

源蔵は黒岩邸でのいきさつを知っているらしい。トキは源蔵の機嫌を直そうと卓袱台の前に座った。

「分かったちゃ、ワシかて、あんたの立場を理解しとらんわけじゃないがよ。それに、セツの婚礼だってもうすぐやし。面倒は起こさん方が賢明ながやけどぉ」

「そんだけじゃない」

「？」

「無駄ながよ！」

「何ね？」

「お前今日、なんで平次郎だけが逮捕されたんか分かっとあんか？」

「………」

「男が参加すっと騒動がデカなっからよ」

「そやけど、平次郎さんは関係ない……」

「ああ、関係ないちゃ。そんでも、平次郎は男ながよ。男が動きゃ世界が変わる。けどよぉ」

「何ね」

「女が動いたところで、なんも変わらんがちゃ」

トキはそんなこともないだろうと思ったが、ここで言い返したところで仕方がない。それに、これ以上源蔵の機嫌を損ねたくはなかった。トキも疲れていたのだ。

9

「もうダメだ。もうここにはおられんかもしれん」

あんなにおばばを怒らせてしまったら、明日からどうやって生きていったらいいのだ。

いとは寝床に入っても頭の中を後悔がぐるぐる駆け回ってなかなか寝つけず、そーっと寝床を出た。灯りがもれないように気を付けながら、隣の部屋で座り込んだ。どうしてこんなことになったのか。どうすれば良かったのか。考えれば考えるほど、落ち込んできた。

障子の向こうから、三人の子供たちの寝息がかすかに聞こえてくる。いとは気持ちを紛らせようと、利夫が買ってくれた本を棚から一冊取った。ページをめくると、竹久夢二の描く美しい着物を着た女がはかなげに佇《たたず》んでいた。いつもなら挿絵の女性を眺めるだけで、夢の世界に入っていくことができたが、今日はその憂いを帯びた女性の表情さえ、いとを非難しているようで見るのがつらい。涙で文字がかすみ余計に情けなくなる。利夫がいてくれたら……。

「オラがおらんようになったって、お前なら大丈夫やちゃ」

利夫の言葉が蘇る。

大丈夫なんて、利夫さんのかいかぶりじゃ。利夫さんが思っているような強い人間じゃない。いとは一人では抱えきれない後悔と不安で居たたまれない気持ちだった。

その時、障子がすっと開いた。

「まぶしいて、寝られんな」

不機嫌なタキの声に、いとはハッとした。

「………」

「ちょっとし、こっちこられ」

　タキは戸棚にあった御盆を取ってきて、いとの目の前に差し出した。いとが布ふきんをとると、小さな皿におにぎり一つと湯のみが置かれている。いとは思わずタキを見上げた。

「食べ」

「えっ、でも……」

「つべこべ言わんと、はん！」

　タキの勢いに押され、いとはおずおずと手を伸ばした。

「頭よか腹に栄養入れられ。はよ元気になれる」

　こんな大切な米を食べさせてくれるタキの気持ちがありがたかった。

「……ワシ、何やっても空回りばっかり」

　しゃべっていないと大泣きしてしまいそうで、いとは慌てておにぎりを頰張った。

「一所懸命やっとんがやけど、なーん伝わらんし。ここに味方ちゃひとりもおらんが」

　いとは、一気に思いを吐き出していた。

「なら、里に帰られ」

　タキの思いがけない言葉に、いとはハッと顔を上げた。

「……えっ」

「やあなら帰れ言うとんがよ。同情してほしいがか？　いとさんは頑張っとるとでも言うてほしいがけ？」

「そんなつもりじゃ……」

「中途半端な覚悟じゃ、ここで暮らしてちゃいけんぞ。足手まといなだけや。ちゃっちゃとここから消え」

言い終えるとタキは立ち上がり、障子を開けて布団に向かった。

厳しい言葉とは裏腹に、タキが食べさせてくれた貴重なおにぎりが手の中にある。指についた米一粒も無駄にしないようしっかり嚙み締めた。

口を動かしているうちに、めそめそ落ち込んだ気持ちが少しずつほぐれていく。帰れと言われても、自分の居場所ちゃ、ここにしかない。諦めとは違う、小さな決意のようなものがいとの胸に芽生えていた。嚙み締めるたびに溢れる涙をふくこともなく、いとはいつまでも口を動かし続けた。

第三章　孤立

1

深夜、一ノ瀬は取材したおかかたちの黒岩邸陳情の記事を一心不乱に書いた。おかかの止むに止まれぬ思いを伝えることが、自分の使命なのだとペンを持つ手に力が入る。生活の窮状を訴える気持ち、結束して嘆願する姿。それを阻止する警察権力。これこそ、世に問うべき問題だ。これを伝えなければ、世の中は良くならない。

ふすまが音もなく開いて、雪がお茶を持って入ってきた。机のそばに茶碗を置くと、一ノ瀬に声をかけた。

「それ、先ほどの騒ぎの記事ですよね？」

一ノ瀬は驚いて、顔を上げた。

「雪さん。……あ、はい。僕はみなさんがどんな風に闘ったのか、ありのままに記事にしてるんです。彼女たちの勇敢な姿をね」

「勇敢？」

「仲士として働いているうちに体と同様に、気も強くなるのかな。それともあれかな。浜の女性って強くないと務まらない、とか？」

能天気に話す一ノ瀬に、雪は少し悲しくなった。何も分かっていない。

「彼女たちは、強くなんかありません」

「え？」

雪はきっぱりと言った。

「強なるしかないがです」

「……」

「漁や出稼ぎ行った夫が帰ってこんかったら、途端に収入が途絶えてしまう。そうなったら自分が家族を養うしか道はない。……そんな崖っぷちの毎日をみんな生きとんがです。そうしとるうちに、いつの間にか強うなってしまうがです」

一ノ瀬は雪を見つめた。

「だから……みんな、本当は…強うなんかなりたない。そう思とんがじゃないでしょうか？」

そうだ、それこそが書くべきことなのだ。なぜ、おかかが騒動を起こすのか。一ノ瀬は、勢いよくペンを走らせた。

記事を書き終わったのは、夏の早い夜明けがすぐそこまで迫っている時刻だった。あと少しで郵便局が開き、電信で大阪に記事を送ることができる。

一ノ瀬は記事を送り、部屋で少しうとうとしたが、電話だという声に飛び起きて、階下の帳場のそばまで急いだ。

「えっ！　ボツですか」

編集長の鳥井の言葉に、一ノ瀬は思わず声が大きくなる。

「お前の気持ちは良く分かるんだがな、こういうんじゃないんや」

編集長の鳥井は、手に持っていた一ノ瀬の原稿を片手で握りつぶした。

「もし鳥井さんがあの場にいたら、僕と同じように感じたと思います。彼女たちの闘う理由を伝えたいって」

「お前の熱意は買う」

「じゃあ！」

「でもこれじゃ記事にならへん。誰も彼女たちが闘う理由なんかに興味ないんや」

「でも……」

一ノ瀬は必死に食いさがるが鳥井は認めない。鳥井が考える読者が読みたい記事は、血沸き肉躍る騒動のルポルタージュなのだ。

「読者が求めている記事を書く、それがブン屋の仕事」

「………」

「じゃ、気張っていい記事送ってや」

鳥井は電話を切ると、一ノ瀬の原稿を近くの箱に投げ入れた。

一ノ瀬は納得できなかった。騒動の顛末だけでは、彼女たちの置かれた状況や思いを伝えることはできない。騒動をなぞるだけでは記事を書く意味などない。

2

夏の太陽が熱い腕を地上に伸ばし、田んぼや家や通行人までも焼き尽くそうとしている。建物の足元には、日差しの強さと同じくらいはっきりと濃い影ができていた。

いとは点在する日陰を探しながら、足早に通りを歩いていた。酒屋の裏道には酒の一升瓶が入る木枠の箱が積み重ねられ、絶好の日陰ができている。いとが近づくと、瓶を片付けている人がいた。

なんと、幼馴染のヒサが酒瓶の整理をしていた。

「あっ！」

突然声を掛けられヒサは一瞬警戒したが、いとだと分かると表情を緩ませた。

「無事だったがやね。いかった」

「ああ、頭下げて戻ったん。源蔵さんともあれっきり。……それにしても、いとさんとこんな所で、また会えるちゃ」

ヒサはあんな騒動などなかったように、あっけらかんと笑っている。

「なら、行かんかったん？　女学校？　あんなに勉強できたんに」

「嫁に来たがよ。十七ん時にね」

「やめてくれんけ、そんな昔の話」

いとは尋常小学校始まって以来の秀才といわれ、担任の先生がわざわざ家に来て上の学校に行かせてはどうかと言ってくれた。しかし父親は「女に学問はいらん」と突っぱねた。

しばらく家で田んぼの手伝いをしていたが、遠い親戚の口利きで利夫と見合いして浜に嫁にきた。利夫は優しい人で、不満はない。でも、あのまま上の学校に行くことができたら、今頃どんな生活《くらし》をしていたのかと思うこともある。

「あたしい、憧れとったんよ、賢てかわいらしくて。あたしだけじゃないが。あの頃、村の女の子らちはみんな、いとさんみたいになりたいって思っとったがやから」

ヒサは大きな瞳を輝かせて、いとを見つめる。しかし、憧れの人は、ところどころ継《つぎ》の当たった単衣を着て、姉さんかぶりの下の顔はすっかり日焼けしていた。浜は日差しが強いだけでなく、砂浜の照り返しで余計に日焼けが進むのかもしれない。ヒサは白粉を塗った自分の頬に、無意識に手を当てた。

「きっと苦労したがやろうね。いとさんも」

きれいな着物にたすき掛けで働くヒサの姿が、いとには少し眩しく感じられた。それを払うように、いとは大きくかぶりを振って、精一杯元気に笑った。

「そんなことないちゃ。浜にはうまい魚も、読むものもたくさんある。それにぃ、浜では白い米が腹いっぱい食べられんがやぜ」

たまには……という言葉をいとは飲み込んだ。

思うに任せないのが、生きるということだ。ヒサだって生きていくために、あの騒動に巻き込まれたのだ。あんな騒動を起こしたのに元の酒屋に戻らざるを得なかったヒサと、自分の境遇をいとは比べていた。

どっちがいいとは言えない。人は置かれた場所で生きていく。誰かの人生ではなく、自分の人生を生きていくしかない。家族という居場所があるだけ私は幸せ、といとは自分に言いきかせた。でも、言いきかせたそばから、その居場所を守るために毎日汲々《きゅうきゅう》として働いている自分を情けなくも思う。

ヒサと別れて家路についたいとは、道すがら晩のごはんの心配をしていた。米びつの米も銭も、確実に減っている。仲士の仕事がたくさんあればいいが、最近は米俵の入荷も少なくなり、仕事も減っていた。

どうしよう。子供の顔を思い出すと、いとの心は一層重たくなってきた。

3

米が不足しているのはどこの家も同じだが、とりわけ一家の大黒柱である男手がない家は深刻だ。いとの家から二筋先の路地にあるサチの家も同じで、夫は三年前に北海道の出稼ぎ漁に行ったきり戻ってきていない。便りもないまま時間だけが過ぎていた。

サチは夕食用に、おからを加えた雑炊を用意していた。米の粒は形がほとんど見えず、病み上がりの病人が食べる重湯といってもよく、平べったいしゃもじではすくうのが難しい。
それでもサチはおかゆを茶碗によそい、笑顔で娘の前に置いた。
「おみつ。どんどん食べられ」
おみつは茶碗の中を見た。白っぽい薄い液体から湯気だけが元気に立ち上ってい
る。日に日に薄くなる粥には気付いていないかのように、おみつは元気に両手を合
わせて「いただきます」と言った。茶碗を傾けるとすぐに中身が口に入ってしまう
ので、箸でおからのかけらを掬《すく》いながらゆっくり食べる。
「もう一杯、どうね。母ちゃんもう腹いっぱいなったから」
「…………」
嘘だ。でも、それをお母ちゃんに言ったら、お母ちゃんをもっと悲しませること
になる。おみつはサチの顔を見て「ううん、もういい」と首を横に振り、できるだ
け元気に「ごちそうさま」と言った。
すっかりやせてしまったお母ちゃん。一日ずっと仲士の仕事で働いているお母ち
ゃんは、きっとお腹がすいている。前は綺麗だったのに、頬はこけ、口元に少しし
わが寄って、ずいぶん年を取ってしまったようで、おみつはちょっぴり悲しくなっ

た。

翌日、サチはおみつを連れて、黒岩邸を訪ねた。

寺子屋の雪から、賢いおみつが勉強を続けられるように、黒岩に支援をお願いしてはどうかと言われ、会いに行くことにしたのだ。黒岩は地元の優秀な子供に奨学金を出して学問を続けさせる、篤志家《とくしか》としても知られていた。

大きな屋敷に入ると、サチは緊張した。勝手口から入ったのだが、台所では大勢の女衆が立ち働き、大きな竈で煮炊きしている。鍋から立つ湯気さえ、幸せそうに揺らめいていた。

居間に通されると、すでに雪が到着していて黒岩と話をしていた。

「遅うなりました」

サチが挨拶すると、ソファに座っていた黒岩が細い目を三日月のように一層細めた。ソファにおみつを座らせて、サチはその隣に腰かけた。向かい側に座る黒岩が優しい眼差しをおみつに向けている。

「おみつちゃんは、勉強が得意ながやってぇ」

「はい。お勉強を頑張ると、お母ちゃんが喜んでくれんがかうれしいがです」

おみつがはきはき答える。

「そうけ、そうかいね。ほんで、将来は何になりたいがかな？」

優しい声でおみつに話しかけた。

「あたし、お父ちゃんみたいな漁師になりたいがです」

堂々と答えるおみつに、黒岩の表情がくもる。

「漁師？　はあん、そうけ。たしか、おみつちゃんのお父さんは」

「はい。でも三年前に漁に出たきりで」

サチは慌てて口をはさんだ。

「そやからあたし、いっぱい勉強して立派な漁師になって、嵐でも沈まん船作って、でかいと魚捕って銭稼いで、お母ちゃんに腹いっぱい食べさせてあげたいがです」

緊張しつつも自分の意見を言うおみつを、雪は頼もしく見ていた。

「漁師、か……」

黒岩はしぶい表情になる。

「漁師以外にちゃ興味ないがかな？　ほれ、もっと人から尊敬される仕事があろう。じんだはんとか米屋とか」

「尊敬？」

おみつは戸惑った。

「あたし、警察官やお米屋さんを尊敬したことちゃ、いっぺんもありません。あのっさんたちのせいで、あたしらちはいっつも辛い思いばっかしするからです」

サチは慌てて、おみつの言葉を遮った。

「黒岩さん、うちの子がこわくさいことゆうて申し訳ありません」

頭を深く下げる。

「なあんなん、はっきりと自分のご意見を持っとられて立派じゃないけえ」

黒岩は言ったが、不機嫌な表情は隠しきれない。少し考えてからおもむろに立ち上がると、向かい側に座るおみつの横に体を寄せるように腰かけた。

おみつは体を硬くする。

「おみつちゃん。お話を聞いて思たがやけど、おっちゃんが手伝えることちゃなさそうやねぇ」

「えっ……」

おみつは困惑して、黒岩を上目遣いに見た。

「どうしてもお金が必要ながなら、自分で稼ぐゆう方法もあるんがやぞ」

黒岩はにじり寄るようにおみつの体に体を押し付けて座り、両手で包むようにおみつの手をとった。

「ほら、おみつちゃんはこんなにかわらしいし」

おみつは少し怖くなって、言葉も出ない。サチが雪に目くばせすると、雪も困った顔をした。

「もうちょっこし大きなったら。学費稼ぐ方法ちゃ、いっくらだってあんがやぞ」

おみつは黒岩が握る手を振りほどいた。サチはおみつを慌てて引き寄せる。

「何やったらウチで働くか？　今すぐ雇えっぞ。ちぃさあたってどうちゅうことないちゃ。おっちゃん気にせんぞ」

いよいよ迫ってくる黒岩を押しのけて、サチは立ち上がると、雪を残したまま挨拶もそこそこにあたふたと黒岩邸を後にした。

外に出て、サチはようやく大きく息を吐いた。おみつは黙ってその様子を見ている。

真っ赤で真ん丸の太陽が、富山湾に飲み込まれようとしている。ジューっと音がしそうな光景を見ながら、サチはおみつの手を引いて海岸沿いを歩く。

情けなさと悔しさで涙がにじみ、夕日が歪んで見える。サチは泣くまい泣くまいと自分に言い聞かせて、おみつの手を一層強く握って歩いた。

4

「あっ、とうとう……」

いとは、米びつを前に、大きくため息をついた。子供に食べさせる米がなくなった。買いにいったところで、持っている銭では一日分の米も買えない。

誰かに米を分けてもらうよう頼もうか。いや、でも誰に頼んだらいいのか。サチは親しいが、うちと同じかそれ以上に貧乏だ。フネやミネのところは、子供が四人もいて、米を貸してくれる余裕などないだろう。

トキのところは。

いやダメだ。気が強いトキを前にして、頼むなんてできない。

そうだ。フジならどうだろう。口は悪いが気はいいし、旦那も漁師をやりながら職人としても働いているから、少しは余裕があるのではないか。

米を分けてくれと頼むのは厚かましいようで気が引けるのだが、今はそんなこと言っている場合ではない。米がないのだ。

いとは、覚悟を決めた。子供のことを考えたら、一時《いっとき》の恥などなんということもない。

家を出て三軒先のフジの家を訪ね、大きく深呼吸してから玄関を少しだけ開けた。すぐのところにある台所では、フジが夕餉《ゆうげ》の支度を始めていた。鍋から湯気が上がっている。

「フジさん、ちょっといいけ？」

いとが声をかけると、フジが「なに？」と機嫌よく玄関から半分だけ体を出した。

「あの、言いにくいがやけど……お米をちょっこし分けてもらえんかと思て」

いとはおずおずと頼んだ。それを聞いたフジは、大急ぎで家の外に出てきた。家の中に聞こえないように、少し声を小さくして、

「利夫さんからの便りがのうて大変やとは思うけど……ウチも生活が苦して。堪忍してくれんけ」

すまなそうな顔で、胸の前で両手を合わせ拝むしぐさをする。家の中からは、子供たちが楽しげに遊ぶ声が聞こえた。

どこのうちだって、苦しいのは同じだ。

「ごめん。そうだよね」

いとは諦めて家に戻った。最初から分かっていたのに、のこのこ出かけて断られ

てしまった情けなさで、気持ちが余計に沈んだ。

家が近づくと、家の中からトシ子が火のついたように泣く声が漏れてきた。尋常ではない泣き方に、家に駆け込んだ。

姑のタキが、必死にトシ子の口をこじ開け、何かを取り出そうとしている。正一郎とチヅ子もタキを手伝っている。

「ほら、吐き出そ。腹壊してしまうがいね」

しかしトシ子は暴れて抵抗している。いとは下駄を脱ぎ散らかして部屋に上がった。

「トシ子、どうしたん？」

「ああ、いとさん。ごめぇん。ちょっと目ぇ離した間《ま》あに、障子紙食べてしもて」

「えっ？　障子紙？」

「ひもじいてひもじいて、我慢できんかったがやね。かわいさげに」

いとはトシ子を受け取り、口の中の障子紙を指で掻き出すと抱きしめた。

「ごめんねぇ。トシ子、ごめんねぇ」

いとは心の底から詫びた。

子供にこんな思いをさせる母親などいるものか。こんな情けない母親など、どこにおる！　いとは自分が許せなかった。

もう他人には頼れない。しっかりしなければ。明日はもっとたくさん米俵を運ぶために、もっと早く家を出よう。

いとはすっかり骨張ってしまった手で、トシ子の背中を何度も何度もさすり、その薄くなった背中に固く誓った。

5

雪の寺子屋は、そろそろ終わりの時間だ。みんなが帰り支度を始めたのを見計らい、正一郎は雪の前に座った。正一郎はいつもとは違う真剣な顔をしている。

「正一郎さん、どうしましたか？」

「先生、質問してもいいですか？」

「どうぞ」

「なんでオラっちゃは、いつも腹がすいとるがですか？」

「えっ？」

予想もしない質問に、雪は目を大きく見開いた。

「オラのかあちゃんは、毎日朝から晩まで一所懸命働いてくれとります。そんでもオラっちゃは、おからしか食べられん」

「……………」

「母ちゃんが米運んどるがに、米を食べられんがです」

思いつめた正一郎の顔を、雪は見続けることができない。

「雪先生、何でながですか？」

いつのまにか他の子供たちも正一郎のそばに集まり、雪の答えを待っている。雪はなんと答えたらよいのか迷っていた。しばらく考えてから、言った。

「それはねえ、これからシベリアに行く兵隊さんらにたくさんの米を送っから、米が足りなってしまうが。だからどんどん値段が上がって、満足に買えん人がたくさんおんがです」

子供の真剣な目が雪には痛い。

「そやけど、みんなのお母ちゃんらちは、米を安う買えるよう、手ぇを尽くしてくれとる。だからきっと、腹いっぱい食べられる日がまた来る。それまでの辛抱ながです」

雪は答えながら、無力感に襲われていた。そんな日が果たしてくるのだろうか。日に日に悪化する状況に雪自身、未来に希望が持てなくなっている。

ジージー、シャシャシャ、カナカナカナ。

アブラゼミにヒグラシの声が交じるようになってきた。夏が終わりに向かっている。秋風が吹く頃には、出稼ぎ漁の男衆が戻る。それまでは、まだ我慢が続く。

「母ちゃんが米運んどるがに、米を食べられんがです」

という切実な言葉が、雪の胸に澪《おり》のように溜まっていった。世の中は、もっとひどうなるかもしれん。雪の表情も一層暗くなった。


八月二日、日本軍はついにウラジオストックへの上陸を開始しました。寺内内閣はアメリカと協調して、一万二千人の兵を派遣したのです。

ウラジオストックは、ロシア語ではウラジ＝ヴォストークといい「東方を征服せよ」という意味です。一八七一年に新設されたロシア念願の不凍港で、シベリア鉄道の終着駅でもあります。

派兵の理由は、シベリア鉄道沿線各地にいるチェコスロヴァキア軍捕虜を救出するというものでした。前年の大正六（一九一七）年十月レーニン率いるボルシェビキが世界最初の社会主義革命である十月革命を起こし、大正七（一九一八）年一月帝政ロシアが倒れます。革命による混乱に乗じて、アメリカ、イギリス、フランスなど連合国がロシアへの軍事干渉を行ったのがシベリア出兵です。日本にとっては、日露戦争後の日露協約でロシアと分割した満州の利権が、革命によって失われるのではとの懸念を払うための派兵でした。

ウラジオストック派兵により、米だけでなくすべての物価が高騰しました。超インフレとなったのです。好景気に恩恵を受けた財閥系の大企業や地主は巨万の富を蓄積し、一方で大多数の細民が食うや食わずの状況に追い込まれていました。

会社や工場、炭鉱などで働く労働者は賃金が据え置きのまま、物価だけ上がるので生活がいよいよ厳しくなっていきます。都市では仕事を失った浮浪者や親を失った浮浪児が溢れ、中には餓死するものも出ていました。農村部では前年の冷害により農作物の収量が半分以下になり、土地を手放すものや娘の身売りをする家も多く、それにこのインフレが追い打ちをかけ悲惨な状況になっていたのです。

いとは朝早くから重い米俵を蔵から浜のハシケまで運んでいた。仲士の男衆が歌うノンキ節に腹も立たなくなってきた。

♪「貧乏でこそあれ　日本人はエライ　それに第一　辛抱強い」

米俵を担いだおかかの列が、長く浜まで続いている。どの顔も苦痛にゆがみ、したたった汗をぬぐうことすらしない。砂浜に足を取られないように、力強く大地に足を踏みつけている。

♪「天井知らずに　物価はあがっても　湯なり粥なり　すすって生きている
　あゝ　ノンキだね」

誰も湯や粥はすすりたくはない。本当は米を腹いっぱい家族に食べさせたいのだ。それは、いともおかかも共通の思いだった。

百俵の米がハシケに積み込まれると、沖に停泊する蒸気船に運ばれる。千四百から千五百俵が積み込まれたら、蒸気船は北海道やカムチャツカに向かって出航する。いとは米俵をハシケに下ろすと、沖を眺めた。

今まさに蒸気船が動き出そうとしていた。おかかの苦しみなど分からないかのように、ぼーっぼーっという暢気な汽笛を残し蒸気船が北を目指して出航していく。ワシらちの命、大切な米を積んで。

第四章　越中女一揆

1

このままでは利夫が帰ってくる前に子供が飢え死にしてしまう。せめていつ頃戻ってくるか分かれば、少しは先の希望も見えてくるかもしれない。

ミネの夫は利夫と一緒の船で出稼ぎ漁に出ている。ミネの元には便りは届いているだろうか。そうだ、ミネに聞いてみよう。今なら、井戸端にいるはずだ。暑い時は、井戸端が何よりの憩いの場だ。

いとは井戸端を目指すと、ミネがフネと一緒に井戸端で洗い物をしているのが見えた。いい具合にフジとトキはいない。表だって対立しているわけではないのだが、黒岩邸事件以来、平次郎を救うために警察署に行った側と、黒岩邸に行った側の間に溝ができていた。もともとあの二人が苦手だったいとにとっては、なおさらだ。

「ミネさん。精出るね」

「ああ、いとさん。暑い時はここが一番ちゃ」

「ほんとにね」

「ここ少しあけようか」

「ううん。……ありがとね」

ミネが動いて洗い場に少し隙間ができたので、いとは井戸端にしゃがんだ。

「実は……聞きたいことがあって」

「何？」

いとは思い切って聞いた。

「あのぉ。ミネさんのところ、旦那さんから便り来た？」

ミネは大きくかぶりを振る。

「全然」

大きく笑う。

「いとさんのとこは？」

「うちも。……一体いつ帰ってくるんか思ぉて」

「今年の漁次第やからね。せっかく行ったからにはでかいと稼いできてもらわんと。

でもなんで？　誰か具合でも悪いがか」

「そういうわけや……ないけど」

いとは少しためらったが、思い切って言った。

「そろそろ米がないが。施し米もないし、せめて利夫さんが帰ってくる時期が分かれば、あと何日って辛抱できるかと思て」

「ワシのとこも同じ。ホントは米屋にお願いしたいくらいなが。またおばばに頼んでみるかね」

「できんちゃ。この間の平次郎さんのことがあっし」

いとは胸の前で手を左右に大きく振った。

「あぁ……」

ミネもいとと一緒に警察署に行き、黒岩邸には行っていない。

そばにいたフネが首を突っこんできた。

「ほんとはもう一度、米屋にお願いに行きたいがやけど」

「でも、ワシらちだけじゃ、何もできん。何ができるがいね」

「そうは言うても、うちもそろそろ米びつの底が見えてきたちゃ」

ハルもため息をついた。

「施し米をもらうか。安う売ってもらうか」

「さあ。安う売ってもらえれば、なんとか飢え死にせんですむけど」

飢え死にが冗談ではないことを、いとも分かっていた。新聞では都市や農村で餓死者が出ていることを伝えている。このままいけば、ワシらちも同じ運命だ。

「フネさん。ここで死んでしまったら、何もならんちゃ」

　サチがフネの肩を軽く叩いた。

「でも、どうするがけ？　ワシらちだけじゃダメだし。おばばがいてくれたらね」

　ミネが言うと、フネが目を輝かせた。

「そうだね。おばばにもう一回出張ってもらいたいってお願いにいくちゃ」

「でも。黒岩さんのことで怒らせてしもたし」

　いとが小さくつぶやく。

「そんなこと言うとったら、ダメやちゃ。もう一回頼んでみよ、おばばに」

「誰がおばばに頼むが？」

　サチが心配そうな顔で聞いた。

「そりゃ、いとさんやろ。いとさんは学問もあるし、おばばに話ができるのはいとさんしかおらん」

「フネさん。そんな簡単に言わんで。ワシなんかダメちゃ」

　怒ったおばばの顔を思い出し、いとは尻込みする。

「いとさんちだって、米がないがやろ。ワシらちは旦那が出稼ぎ漁に行っておって、食えんがやし」

笑ってはいても、本当はみんな、どうしようもないところまで追い詰められている。何とかしなければならないという気持ちは同じだ。

「ワシとサチさんが、おばばを連れてくるから、いとさんがお願いしてや。いとさんしかおらんて」

「いや……でも」

「このままやと、飢え死にやし。やろう！」

「いとさんなら、大丈夫やちゃ。一緒にやろう」

みんなにけしかけられ、いとはしぶしぶ承知した。家に戻るまでの間、体がぶるぶる震えてくる。武者震いではない。本当におっとろしいのだ。

おばばとしゃべるのだ。おばばにしっかりお願いするのだ。子供を救うためだ。いとは、何度も何度も自分に言い聞かせ、くじけそうになる気持ちを奮い立たせた。

2

今日も暑い。

いとは噴き出す汗をぬぐいもせず、井戸端でじっと待っていた。心の中に湧いてくる不安を踏みつけるように、足を踏ん張って立った。サチとミネがいとを心配そうに見ている。

誰も口を利かない。

ザクザクザクと土を蹴る下駄の音とともに、干した魚の匂いが漂ってきた。

清んさのおばばだ！　一文字に結ばれたいとの唇が、からからに乾いてくる。

「こっちです」

「おばば、こちらです」

おばばを呼びに行った二人も緊張している。清んさのおばばは、いとの前に立つと真正面から睨みつけた。

「ありゃー、いとさん。あんなことしとってかってワシの前に顔を出せっちゃ、いい度胸やねぇ」

この一撃で一瞬ひるんだが、いとはミネに後ろを支えてもらい、なんとか踏ん張った。

「頼んますちゃ。どうか力貸してください」

いとは腰を九十度に曲げた。そんないとをおばばは無言で見ていた。しばらくして頭をそーっと上げたいとは、おばばの目と目が合った。ここで視線をそらしては負けだ。

「お願いします。ワシらちを助けてください」

いとはしっかりとおばばを見つめ、再び頭を下げた。

「また浮ついた気持ちで、ワシを手玉に取ろうゆうがじゃなかろうねぇ。ワシャロばっかで自分の手ぇ汚さんヤツがいっちゃん嫌いながよ」

いとは、大きく深呼吸した。

「シベリア出兵が始まっています。そうなったら、米の値段はますます上がります。その前に、何とか手ぇ打たんと」

必死に訴えるいとに、おばばはじっと考えていたが、いとの襟もとを人指し指で押すと、

「断る、ってゆうたらどうすんがよ？」

まさか。しかしここで弱気になって引くわけにはいかない。

「その時は、ワシらちだけでも行くつもりです」

サチとミネ、ハルとフネも必死におばばに訴える。いとが言った。

「もう限界ながです」

みんなが固唾《かたず》をのんで、おばばの言葉を待っている。おばばは思案顔でみんなを見た。わざわざワシに頼んできたということは、今度は半端な気持ちではないだろう。決死の思いが集まれば次はうまくいくかもしれない。おばばはしかし、あえて表情を硬くしたまま、

「今度下手こいたら、ただでちゃ済まんぞ」

と言うと踵《きびす》を返して歩いていく。去っていく清んさのおばばの後ろ姿に、いとは両手を合わせた。

やった！

おばばが引き受けてくれる。いとは自分の気持ちをしっかりおばばに伝えることができたことが奇跡のように思えた。しっかり話をすれば、ちゃんと分かってもらえるという達成感が体に満ちて、ジワジワとうれしさがこみあげてきた。


相変わらず、毎日暑い日が続きます。何をする気も起きないような暑さです。

私は世の中の景気動向を見るために、時折辻に立ち道行く人を観察しています。

この暑さですから浜では小舟を出しても雑魚《ざこ》も捕れないでしょうし、連日の日照りで畑の野菜も萎《しお》れて、収穫は思うに任せず農家も大変に違いありません。

肩を落として歩く人々を見ていると、生活の苦しさがいよいよ実感されます。何をやってもダメだと思いながら歩いている人たちを見ていると、思わず「あきらめ節」が口をついて出ます。

♪「地主金持ちはわがままもので　役人なんぞは威張るもの～」

歌っている目の前を大きな荷物を背負った薬売りや、竹細工のざるやかごをいっぱいに積んだ荷車を引く行商などが通りすぎていきます。その足取りが重いのは、この暑さのせいだけでなく、好景気の恩恵にあずかることができず、商売がうまくいっていないからでしょう。

かと思うと、夏のねばりつくような空気の中を、人力車に乗りパナマ帽をかぶった紳士がさっそうと通っていきます。麻のスーツがいかにも涼しそうな紳士は、周囲に目もくれず人力車の天蓋《てんがい》が作り出す日陰の中に身を置いています。

世の中は、いよいよ貧富の差が一層激しくなっているのです。豊かな者は一層豊かになり、貧しい者は今日の飯にも事欠くありさま。

♪「こんな浮世へ生まれて来たが　我が身の不運とあきらめる～
あきらめなされよ　あきらめなされ　あきらめなさるが無事であろ
わたしゃ　自由の動物だから　あきらめられぬとあきらめる～」

おや、向こうから大勢のおかかがやってきました。どの顔も真剣そのものです。先頭を行くのは清んさのおばばのようです。彼女たちはどこにいくのでしょう。もしかすると、どこかに米の値下げの陳情にでも行くのかもしれません。人間ですから失敗もあります。失敗することは悪いことではありません。でも、失敗の経験を生かせないのはいけません。今度こそ、うまくいってほしいものです。

3

日が傾いた頃、川近くに立つ米屋鷲田商店の前には大勢のおかかがいた。いとの願いにおばばが応えてくれたおかげで、大勢集まってくれたのだ。

貧乏は不運、病気は不幸、時世時節と諦めていたら、ワシらちは干上がってしまう。おかかたちは、生活を守るために前へ前へと進もうとしていた。

狭い通りには大勢の人間がひしめき、身動きが取れない。おかかに交じり、大工、左官といった男の職人や勤め人の姿も見える。

「米を安う、売ってくれ」

フジが周囲の空気を震わすような大声で叫んだ。しかし、鷲田商店は、戸が閉じられたままだ。

「後生だから、米安う売れま」

「タダでくれとは言わんが。元の値段で売ってくれま」

「米よこせ！」

「米よこせ！」

「米よこせ！」

おかかが口々に訴えるが、店からの反応は全くない。後ろから一ノ瀬がその様子をしっかり観察していた。

店の二階では、鷲田の女将と主人の辰彦《たつひこ》が店先の怒号に耳を塞いでいた。

「あー、やーなった。貧乏人が束になるとロクなことないちゃ。努力もせんと金持ち非難してばっかしや」

「んなが、放っときゃいいがよ。ただの僻《ひが》みながやから」

「そりゃそうやね」

と言ったものの、外から聞こえる「米よこせ！」「米よこせ！」の声が耳につき女将の腹の虫は治まらない。

店の外では、いよいよ声が大きくなっていく。

「米を旅に出さんでくれ」

「出さんでくれ」

「米を安う売れま」

訴えても店の戸が開く気配はない。いとはじーっと二階の窓を睨んでいた。このままでは埒《らち》が明かない。どうしたものか。

「鷲田のヤツ、意地でも出てこんつもりやね」

「どうしたらいかろか」

「鷺田さーん」

「出てこられま」

おかかがどんなに全力で叫んでも戸は閉じられたままだった。いとは、どうやったら女将が出てくるかを考えた。何か騒動を起こして、注意をこちらに引き付ければいいかもしれない。何をしたら出てくるか。

そうだ！

いとは周囲を見回し、落ちている大きな石をよいしょっと持ち上げ、勢いをつけて川に投げ込んだ。

どっぼーん！

音とともに、大きな水しぶきがあがる。その音に、全員が川の方を見る。

「大変やぞ。誰っか落ちたぞ！」

いとは、周囲の空気を震わすほどの大声を張り上げた。

「誰っか落ちたぞ」

「落ちたぞ」

と集まっていた野次馬も口々に騒ぎたてる。その声に現場はパニックとなり、おかかは右に行くもの、左に行くものが入り乱れ、現場がいよいよ混乱してきた。前に進もうとするおかかと、横に移動しようとするおかかが衝突し、ついには将棋倒しになり、そのはずみで鷲田商店の入り口の戸がはずれ店の内側に倒れこんだ。

「あ――っ」

戸に手をかけていたおかかが、何人も折り重なって戸もろとも店の内側に倒れ込む。

「キャー」

「大丈夫か」

「痛い！」

「怪我はないがけ」

店内が騒然となる。いとは焦った。「どうしよう」自分のせいでこんなことになってしまった。

戸が倒れたはずみで、店内の一斗樽に入っていた米がバラバラと土間に滑り落ちた。鷲田商店の奉公人は落ちてしまった米粒を拾おうと土間にしゃがみ、戸と一緒に倒れこんだおかかと交錯して、一層激しく悲鳴が上がる。

階下の物音で戸が破られたと気付いた鷲田の女将は、頭に血が上った。

なんてことをするがか！

思わず二階の障子を開け放ち、店の周囲に集まっていたおかかを見下ろすと怒鳴った。

「あんたらち、何すんがけ！」

その声に清んさのおばばが気付き、上を向き右腕を突き上げた。

「女将のお出ましじゃ！」

「うおーっつ」

おかかが気勢を上げる。

いとは、周りのおかかに押し出されるような形で、いつのまにかおばばの隣まで移動していた。おばばはいとに気付くと、満面の笑みを浮かべた。

「いとさん、お手柄やぜ」

初めておばばに褒められ、初めて認められた！　おばばが、私がやったことを認めてくれた。頭でっかちと言われていた私でも、行動すれば評価される！　いとは顔が上気してくるのを感じた。

前列に陣取っていたトキが叫んだ！

「この強突《ごうつ》く婆《ばば》ぁ」

その声に、二階にいた鷲田の女将の目がいよいよ吊り上がる。

「自分らだけ儲けやがって」

「米、安ぅ売れま！」

おかかは口々に女将に不満をぶつける。鷲田の女将の我慢は限界に近付いていた。

「商売ながやから、米を売るか売らんかはワシらちの勝手やろが」

おかかたちを煽るように、女将が上から怒鳴る。

「勝手やろがって」

「あんまりやが」

おかかたちが、二階に向かって声を上げた。

「あんたなんか。元はワシらちと同じ貧乏人のくせに、偉そやのぅ。こわくさいがやじゃ！」

触れられたくないことを指摘された鷲田の女将は、ついに堪忍袋の緒が切れた。

怒りで顔が真っ赤になっている。店の下に集まったおかかに、吐き捨てるように言った。

「……あんたらち、食えんにゃゴトむけ（死んでしまえ）‼」

辺りに響きわたるように大声だ。

おかかは、一斉に騒ぎだす。

「ゴトむけ？」

「なに、死ねやと？」

「ワシらちに、死ねやと！」

周囲のおかかの怒気が伝わって、いともムカムカ腹が立ってきた。

死ねといわれたおかかたちは、黙ってはいない。

「どうせ死ぬがなら、お前んとこの蔵で首くってやっちゃ！」

トキが真剣な表情で冗談ともつかないことを怒鳴ると、みんなが盛大に拍手する。

「覚悟せえや！」

「死んだら化けて出てやっかんな」

「末代まで呪ってやっぞ」

何を言われても鷲田の女将には動じる様子が見えない。下にいるおかかに向かっ

て、

「はぁん、勝手にすりゃいいちゃ！」

捨て台詞を言うと、障子をピシッと閉めてしまった。

それを見たおかかたちの怒りは頂点に達した。不満の塊があたり一面に広がり、はちきれんばかりになっている。

「開けや」

「鷲田の女将、出てこいや」

いともおかかとともに大声で叫んだが、閉じられた障子が再び開くことはなかった。

騒ぐおかかには目もくれず、番頭が店内に倒れていた戸をもとの場所に立てつけると、ピシッと店の戸を閉めてしまった。

閉じられた戸の前には、もって行き場のない不平不満を抱えた大勢のおかかが残された。いとはどこにもぶつけられない思いを抱えたまま、唇を一文字に結び店の前に立ち尽くした。

その様子を最初からずっと取材していた一ノ瀬は、「ゴトムケとは？」とメモに書き付けた。とにかくひどいことを女将が言ったために、おかかたちの怒りが爆発寸前になったらしいことは理解した。

4

一ノ瀬は宿舎となっている池田模範堂に戻り、記事を書いた。

「八月四日、午後八時より女房たちの集団が米の所有者を歴訪。被害もっとも甚《はなは》だしきは移出米穀商・鷲田辰彦方……」

できるだけ正確に状況を記すことで、おかかの行動の根底にある切実な現実と家族への思いや心意気が伝わると信じ精魂込めて記事を書いた。夜が明けるのを待って電信で大阪に送った。

これで多くの人に伝えることができる！　一ノ瀬は高揚した気持ちのまま布団に寝転がると、いつのまにか眠っていた。

「一ノ瀬さん。一ノ瀬さん」

襖の向こうで誰かの声がする。ようやく布団からはい出した一ノ瀬が襖を開けると、書生が「お電話です」と言った。重い体をなんとか起こして、一ノ瀬は一階の帳場の壁に取り付けてある電話をとった。

「一ノ瀬。ご苦労さん。ご苦労さん。少し確認させてくれ」

電話の主は編集長の鳥井だった。

「今な、お前の原稿を読んどったが、少し分からんことあってな。確認させてくれ」

「どうぞ」

「人数が抜けてたぞ？　何人くらいいたんだ？」

「えぇーっと」

一ノ瀬は必死に夕べのことを思い出そうとした。

「いつもよりずっと多かったですね」

「百人は超えてたか？」

「百人どころじゃなかったですよ」

それを聞いていた鳥井が、鉛筆で原稿に数百人と書き込んだ。

「投石とかあったのか?」

「投石……どうでしょうか? あっ、でも米屋の戸障子は破壊されていましたよ」

鳥井は「投石あり、戸障子を破壊」とメモする。

「一ノ瀬、ご苦労さん、ご苦労さん。ま、ゆっくり休んでや」

鳥井は満足の笑みを浮かべると、電話を一方的に切った。一ノ瀬は通話の切れた受話器を置くと、もう一度寝ようと部屋に戻った。


大阪新報社の編集部では、鳥井が興奮して叫んでいる。

「これは……女一揆! 越中の女一揆だ!」

見出しをつけると、編集部全員を見渡していった。

「何ぼやぼやしとんねん。号外や。号外の準備!」

翌朝、京都の停車場では新聞売りが叫んでいた。

「越中で女一揆勃発だあ!」

その声に引き寄せられて人々が集まり、我先にと新聞を買い求める。

『女房一揆拡大ス』

『さらに六、七百人の新集団起こり』

『瓦石を投じ戸障子を破壊す』

　などと文字が躍っている。

「どこも米の値上がりで苦労してんだねえ」

「おいらと同じじゃねえか」

「もう我慢ならねえ。ワシらもいっちょやってやるか」

　職人半纏《ばんてん》を着た男たちの声に合わせて隣の男も、

「女どもに先越されるなんて。情けねぇや」

　と新聞を持ったまま走り出す。それを潮に集まっていた男たちが四方八方に散っていく。誰もが殺気だった表情をしている。

　民衆ははけ口を求め、街全体がざわついていた。

　その頃富山では、

「姉ちゃん。ひどいがなった！」

　鷲田商店の入り口から女将の妹のきみが、メガネがずり落ちそうな勢いで飛び込んできた。鷺田の女将は何事かと、階段を降りてくる。

手にした新聞を掲げて、

「姉ちゃん。こ、これ見てぇま」

「どうしたがいね。そんなにけとついて（慌てて）」

きみはとみに新聞を手渡した。

とみは階段そばに置いてあった小引き出しから純金縁のメガネを取り出してかけると、ぼんやりしていた文字がくっきり見えた。

「ここ、ここ。姉ちゃんのこと、新聞に出とる」

とみは新聞を凝視した。

「米が食べられんがなら、死んでしまえばいいと暴言吐いたって書いてあんがやぜ。ほらここ」

「どいが！」

指さされた場所をじろりと読む鷺田の女将の手が、怒りで震える。

「はがやしい……」

「はがやしい……」

女将は湧き上がる怒りで、体をぶるぶる震わせる。

「ダラ（バカ）どもめ、目にもの見せてやる！」

新聞を両手でにぎりつぶすと、女将は勢いをつけて床に放り投げた。その拍子に鷲田の印として誂《あつら》えた鷲の爪を象《かたど》った象牙の根付が左右に大きく揺れ、女将の怒りのすごさを物語っていた。

5

新聞を手に、一ノ瀬が電話に向かって声を荒らげている。

「どうしてこんな記事になったんですが。僕が書いたものを勝手に……。ひどいじゃないですか。こんな嘘を付け加えて」

「そういう言い方はよせよ。お前が書いた記事を補足してやっただけやないか」

鳥井は上機嫌だ。

号外は売れに売れ、刷り増した。読者はこういう臨場感溢れる記事を待っていたのだという予感が確信に変わったので、自然と笑みがこぼれてくる。

「売れれば、なんだっていいんですね」

「そうじゃない。売れなきゃ書く意味がないねん」

「そんな……」

「書いた記事が売れて初めて、お前は俺の言葉の意味が分かるんや」

大阪は新聞社が乱立し、いかに読者を獲得するかが会社存続にかかわってくる。読者が求めているのは、よりセンセーショナルな出来事であり、それを伝える記事だ。

越中の女房たちが米を買えず苦しんでいることよりも、米を売ってくれと暴動を起こしたということがニュースだ。戸障子を壊す勢いで米屋を襲ったことこそ読者が読みたい記事で、それを読んだ読者が時代を共有することが新聞の使命なのだ。社会には不平と不満が蔓延《まんえん》している。社会の雰囲気を汲み取り文字にして伝えることで、ひいては民衆を動かすことができる。それこそが、新聞が果たすべき役割だ。

「まあいい。続報、待ってるで」

鳥井は明るく言うと、受話器を置いた。通信が切れてしまった受話器を持ったたま、一ノ瀬は立ち尽くしていた。

こんな記事を書くために、取材したんじゃない。編集長は分かっていない。行動を起こしたおかかの、家族を守りたいという気持ちと困窮を極める状態を伝えなければ記事として意味がないのに。これじゃ、まるで騒動を面白おかしく伝えているだけじゃないか。誰が暴動の記事を読みたいのだ。

しかし、一ノ瀬の思いとは裏腹に「女一揆」という見出しが独り歩きをして、騒動が全国に広がっていく。

生活が苦しいのは、富山のおかかだけではありませんでした。

第一次世界大戦参戦の好景気で物価が上がっているところに、シベリア出兵による米価の高騰が追い打ちとなり、都市の労働者の生活を圧迫しています。ついに一升あたりの米価が六〇銭を超えました。二か月前のほぼ二倍です。米価高騰に都市部の民衆の怒りが膨らんでいたところへ、富山の女一揆の記事に刺激を受け、米騒動は京都市と名古屋市を皮切りに全国の主要都市に波及していきます。

根底にはロシア革命がきっかけとなった労働運動の高まりがありました。我が国においても、金と権力を手にした実業エリートといわれるブルジョワジーに対して、格差是正を願う労働者階級の反発が広がっていたのです。

さらに新聞が、総合商社鈴木商店は米の買い占めをする悪徳業者であると書いたために、神戸で暴動が起こって世界的な貿易商社の鈴木商店が焼き討ちに遭い、社屋が全焼するという事件が起こりました。のちにこの記事は捏造であったことが発覚しますが、フェイク記事でも民衆が暴動を起こしてしまうほど、社会に対する不満が膨らんでいたのです。

しかも火に油を注いだのが、寺内内閣のとった政策です。民衆の行動を警察権力で抑えようとして、全国で警察官六千人を増員したり、ついには軍隊を派遣するという強硬な手段に出ました。その措置に民衆の怒りは爆発します。

大都市東京市では、無階級の社会主義国家を目指して活動する政治・労働運動弁士が日比谷公園で野外演説会を開催し、二千人もの民衆が集まりました。大勢の警察官が包囲するなか演説会は始まり、参加者はいよいよ熱狂し会場は怒号と興奮の坩堝《るつぼ》と化したのです。危険を察知した警察官は、会場に乱入し民衆を抑えようとしますが、却《かえ》って民衆は暴徒化し日比谷公園を出て派出所や商業施設を襲撃します。電車や自動車を破壊し、ついには吉原遊郭に放火するに至りました。

この勢いのまま、民衆は浅草の米問屋を襲い「米を安く売れ!」と叫び、ついには打ち壊しに発展します。

東京の米屋打ち壊しの記事が全国の新聞に掲載されるや、「暴力行動を起こせば、米が手に入る」と各地で民衆が蜂起し、全国で米屋の打ち壊しが行われました。この暴動に参加した民衆は全国で七十万人ともいわれます。その大多数は社会に不満を抱える労働者階級の男でした。

そして、騒動の一部始終を記事にすることで、全国の新聞は売り上げを伸ばしていきました。もちろん富山日報も例外ではありませんでした。

6

全国的な米騒動の広がりに便乗するように、階級社会の矛盾と是正を訴える左翼・社会主義活動家が活発に動き始めた。ブルジョワジーへの富の集中を指摘し、民衆の蜂起を促す演説会があちこちで開かれ、それが大都市から地方都市へ、そして農村、漁村へとその活動範囲を広げ、世の中が一層ざわついてきた。

浜近くの通りにも活動家の辻立ちが現れるようになった。「金持ちと貧民の格差是正！」などと書かれた幟《のぼり》が海風に大きく揺れている。

活動家は木箱の上に立ち、両側に二人の若い書生を従え、大きな見出しがおどる新聞を片手に叫んでいる。

「京都柳原町民　大挙して米屋を襲う」

麻のスーツにハンチングをかぶり、ロひげを生やし大声を上げる活動家を、通りがかりの人が取り囲んでいた。

「この新聞を見たまえ！　飢えた民衆は、打ち壊しや襲撃によって成金に対する日頃の不満をぶちまけたのだ！」

勤め人や職人が集まり、熱心に話を聞いている。活動家はいよいよ声を高らかに、

「民衆よ蜂起せよ！」

と叫んだ。

そこへ清んさのおばばを先頭に、おかかの集団が通りかかった。いとはトシ子を負ぶったまま、列の後ろに従っている。活動家が声を嗄《か》らして、訴える。

「この事態は我々にこう問いかける。一体、資本主義は我々に何をもたらしたのかと」

男の声に驚いたのか、トシ子がぐずりだしたので、いとは立ち止まり体を揺すってあやした。しかし、泣き声は一層大きくなる。

気付いたおばばが歩くのを止めた。自分の話を聞くために立ち止まったと勘違い

した活動家は、手にした扇子をおばばに向けながら大きな声でしゃべりだした。

「それは『富める者』と『飢える者』つまり『格差』、これに尽きるのではあるまいか。ああ、なんと愚かしいことよ」

男は大げさに手を振り、顔を扇子で覆い嘆く様子を見せている。清んさのおばばは、興味ないように男を一瞥《いちべつ》しただけで、顔をそむけた。

「さあ、いざ立ち上がらん。金持ちを成敗し、我々の無念を晴らそうではないか！」

二人の書生につられ、集まっていた民衆が拍手をした。

しかし、おかかは誰も興味も示さない。いとにとっても関係のない話だった。

「そこの女性たち！　聞きたまえ。世の中の不条理から目を背けてはならんのだ。無念を晴らすのだ」

あまりにしつこいので、ついにおばばが活動家に怒鳴った。

「無念晴らしたらどうなるっちゅうがいね？」

「……どう、って言われても」

思わぬ反論に、活動家はとっさに返す言葉が見つからない。

「それに何か。我々の無念やって？　ダラくさいゆうたらないちゃ。そうやって講釈垂れとるだけで飯が食えとる人間と一緒にされたかぁないちゃ。ここにおるがはね。毎日毎日、背中の皮が擦りむけるまで米俵を運んで家計を支えても、子供どもを満腹にしてやれん言うて、夜中布団かぶって泣いとる連中ながよ」

さすがおばばだ。いとも大きく頷いた。

「理想や主張だけで腹がふくれたら世話ないちゃ」

言うだけ言うと、おばばは、ふんといって活動家の前を通り過ぎる。大勢のおかもそれに続いた。いとはトシ子をあやしながらついていく。

「待ちなさい。話はまだ……」

活動家の声になど洟《はな》もひっかけないおばばに、活動家の男はさまざまな言葉を投げかけるが、おばばは振り返ることもなく歩いていった。

夏の日差しがようやく傾いてきた。

「小難しい話はどんだけ聞いたってなーん分からん。ワシらはワシらのやり方でやるまでやちゃ」

無念も不条理も飲み込み前を向く清んさのおばばに、フジが力強く片手で胸を叩いた。

「どこまでもおばばについていくちゃ」

フジがトキと二人で大きく頷くのに続いて、いとも一人強く頷いた。

背中のトシ子がようやく泣き止んだことに安堵したいとは、みんなのあとをとぼとぼついていった。

7

町の喧騒とは打って変わって、鷲田商店の表の戸は固く閉じられたままだ。

薄暮の中、鷲田商店を訪ねたのは警察署長の熊澤だ。鷲田の女将から折り入って相談があると連絡があり、やってきた。

「熊澤です。女将さん。熊澤です」

店には番頭も店番もおらず、シーンとしている。一斗樽にはほとんど米が入っていない。襲撃に対する文句を言われるのだろうかと思うと、熊澤は気が重い。気を取り直して、再び声をかけようとすると、二階から女将が姿を見せた。

「そんな、大きな声出さんでも、聞こえとるちゃ」

階段を降りると、

「……まあ。そこに腰かけられ」

熊澤を帳場の板の間に座らせた。

冷たい麦湯を茶碗に注いで熊澤にすすめると、女将が優しい声色で話しかけた。

「他でもないが。ねえ、署長さんやったら分かってくれよう？　この前みたいに押しかけられたら迷惑でならんが。頼んちゃ」

女将が熊澤に頭を下げた。女将の着物からは伽羅《きゃら》の涼しげな香りが漂い、熊澤の鼻をかすめる。

「この熊澤にできることがあれば何なりと」

熊澤は女将よりももっと深く頭を下げた。

「騒動、早く終わらせて欲しいがよ」

やはり、そのことか。熊澤は噴き出す額の汗をぬぐいながら、

「我々、一丸となって騒動終結に尽力しております」

苦しい言い訳をする。女将は目をカッと見開いた。

「終結どころか、デカなっとんねけ」

痛いところを突かれた！

「か、返すお言葉もありません」

熊澤は大きな体を小さくして頭を下げた。ここは、謝るしかないのだ。

「そやから考えたんよ、ワシ。いい方法」

猫なで声の女将に、何ごとかと熊澤が頭を起こすと、女将が手招きする。それに引かれるように熊澤は隣に座ると、女将が耳打ちした。

熊澤は、「そ、それは」と言葉に詰まる。

すぐには承諾できることではない。逡巡する熊澤を、しかし女将は逃がさない。熊澤を正面から見据え、

「これしかない思うがよ」

と迫った。

「そう言われましても」

熊澤はためらう。女将の言う通りにすることは、警察署長として前例に反することになる。女将がとどめの一発を放った。

「かぁ、黒岩さんのためでもあるがやけどねぇ」

黒岩という言葉を聞いて、熊澤は機械仕掛けの人形のように直立不動した。

「この熊澤、黒岩さんと出会わんにゃあ、間違いなく野垂れ死んでおりました。警察署長にまでなれたがは、黒岩さんの援助とお力添えがあってこそです。この御恩

は一生かけて返すつもりです。なんなりと！」

女将は、満足そうに唇の片端を上げてほほ笑んだ。「そやろ。そやろ」と繰り返し、熊澤を見つめる。

鷲田商店を出た熊澤は困っていた。黒岩さんへの恩はある。しかし、女将の言う通りにしたら、警察署長としての面目が立たない。どうしたものか。しかし考えていても仕方がない。これしか道はないのだと自分に言い聞かせた。

警察署に戻ると、署員を集めて通達した。

「分かったな。時期はワシが指示する。明日、明後日《あさって》。いや明日だ！」

8

「最高のお日和やがね。セツさんは果報者やね」

ミネの言葉に、トキの顔がほころぶ。

ようやくセツの婚礼の日を迎えることができたのだ。夫の源蔵が小娘に入れあげてお金を使ってしまった時にはどうなることかと焦ったが、さすが源蔵は一家の大黒柱。しっかり稼いで嫁入り支度も整え、花嫁行列の日を迎えることができた。

綿帽子に白い打掛姿のセツは、我が子ながら美しいと、トキは自然と笑みがこぼれてくる。

「セツさん、きれいやね」

「そりゃワシの娘だもの」

トキが言うと、周囲のおかかも一緒になって笑う。いとは婚礼の宴会のために、お皿や漆器やらをせっせとふいていた。ハレの日に使う食器は、見ているだけで晴れがましい気持ちになる。

「おーい」

声とともに、魚の匂いがした。玄関先に、清んさのおばばが到着したようだ。

「おばば！」

周囲で準備をしていたおかかや近所の人が、笑顔で迎える。

「ちょうどいかった。これから行列か。ほれ、浜の神様からの贈り物じゃ」

おばばが、一尺もある真鯛の尻尾を摑んで、金歯をむき出しに笑っている。うろこの一枚一枚が桜色に輝いて、お祝い気分をさらに盛り上げる。

おばばが鯛を高々と掲げると、「めでたい。めでたい」と周囲が拍手する。みんな笑顔だ。

紋付き姿の村の顔役が玄関先にかかった引幕《ひきまく》をあけて、「そろそろ出発や」と声をかけた。トキが花嫁衣裳のセツの手を引き玄関まで連れて行こうとした。

その時、たくさんの革靴の音が迫ってきた。

「待て。待て！」

厳しい声が家の中まで響いてくる。セツはおびえた目でトキを見た。トキが玄関から外を見ると、大勢の警察官の姿があった。警察署長の熊澤がまっさきに駆けてきて、清んさのおばばの腕を摑んでいる。

「ゆうたやろ。次やったら逮捕するって」

おばばは一瞬何が起こったか分からない表情を浮かべたが、すぐに挑むように熊澤を見返した。周りにいた警察官がおばばを取り囲み、行く手を阻む。

「何をするが！」

おばばの威嚇にも、警察官たちは怯《ひる》まない。顔役が熊澤に声をかけた。

「署長さん。何ですか。めでたい婚礼の日に」

熊澤はそれを無視して、おばばに縄をかけようとする。

不意をつかれたおばばの手から、祝いの鯛がすべり落ちた。顔役が警察官を阻止しようとそばによるが、はねのけられてしまった。

熊澤はおばばに向かって、

「おばば、行ったんやろ？　鷲田のウチ」

おばばは横を向いた。その態度に表情が険しくなった熊澤は、「引っ立てろ！」と若い警察官に指示した。数人の警察官がおばばを引っ張っていこうとすると、おかかが一斉に騒ぎ始めた。

「清んさのおばばを連れて行くな！」

「おばばはなんも悪ない」

「なんで連れていくが」

涙声で掴みかかるおかかもいたが、警察官はおばばを連れていく手を緩めない。

「おばばーっ」

フジが大声で叫んだ。おばばは警察官に掴まれていた腕をなんとか振り払った。

「心配せんでいいちゃ。ワシは必ず戻る。そやから」

と言うや、手のひらを下に向けて、上下に動かし「静まれ、静まれ」とみんなをなだめる。熊澤は改めておばばの腕を掴み、大勢の警察官がおばばの周囲を取り囲んだ。

「さあ、歩け」

「とっとと歩かんか」

いとが部屋を飛び出し、おばばを連れていこうとする警察官に向かって「おばばを連れていかんで」と叫ぶと、周りにいたおかかも再び抗議の声をあげた。

「どうしてくれあん！」

「おばばはどうなる？」

「婚礼はどうなるがちゃ」

「じんだはんのせいで、中止ね」

訴えても訴えても、警察官は無言でおばばを連行していく。

両側をがっちり押さえられたおばばが、最後の力を振り絞って警察官を振り払いおかかたちの方を向き、気合を込めて言った。

「必ず戻る！　負けんまい！」

その力強い言葉を残し、警察官に引っ立てられて行く。

「負けんまい！」

何者にも屈しないおばばの生き方そのものの言葉が、いとの心に残った。

ふと足元をみると、警官の革靴で無残に踏みつけられた鯛が道にころがっていた。この鯛は一方的にやられてしまう自分たちのようだと、いとは心の底から悔しさがこみあげてきた。家の中からは、突然中止になった婚礼に泣きじゃくるセツの涙声がひそかに漏れてくる。

声を上げても取り合ってもらえない。ワシらちは、最後はこうして泣くしかないのだろうか。いや、泣いてばかりいては、何も変わらない。諦めたら終わりだ。いとは怒りにも似た気持ちがふつふつと湧いてくるのを抑えられなかった。

第五章　別れ

1

米俵を担いだ背中が、汗にまみれている。

いとは今日も蔵から浜のハシケまで米俵を運んでいた。あまりの暑さに吐く息が熱風になったようで、一層体に応える。

浜の防風林まで米俵を担いでくると、ようやくキラキラ光る海が見える。

「ちょっこし、もうちょっこし」

いとは自分を励ますと、一歩一歩砂を踏みしめて歩いた。

「どさっ」という音に驚いていとが顔を上げると、少し前を歩いていたサチが倒れ、米俵が浜に転がっていた。サチは動けない。

「サチさん」

いとは米俵を下ろして、駆け寄った。

「大丈夫、大丈夫やから」

サチは気力で立ち上がろうとするが、体力も気力もギリギリで立てる状態ではない。

「ちょっこし待って」いとは腰にぶら下げていた竹の水筒から水を飲ませた。

「ありがとね」

水を飲み少し落ち着いたのか、サチはなんとか立ち上がった。

しかし、一度下ろした米俵を再び担ぐのは容易ではない。地面についた米俵はそれまでよりも二倍も三倍も重く感じられる。二人で米俵を引きずり、ようやくハシケまで運んだ。

夏の太陽が海に飲み込まれようとしている。水平線に遮られ、赤い供え餅のように見える太陽が、今日の仕事終わりを告げている。

仲士の親方の源蔵から今日の手間賃を受け取ったが、手のひらの中にあるのは二〇銭。これでは五合の米を買うこともできない。豆腐屋からおからを買おうにも、銭が足りない。

「どうしたらいいが」

いとは絶望的な思いにとらわれた。いつもの癖で「利夫さんがおれば」と甲斐のないことを思ってしまいそうになり、いとは頭を振ってその思いを振り落とした。ないものをねだっても、なんの解決にもならない。とにかく子供たちのために、自分ができることをしなければ……、いとはそう呟くと大きく息を吸って前を見た。

おかかたちと別れた帰り道、いとは運河へと急いだ。それにしても話とは何だろう。とりあえず行ってみよう。

夕暮れになり人通りが少なくなったのを見計らって、いとは鷲田商店の勝手口をそーっと開けた。

鷲田の女将からの使いが来たのは、昨日の夜のことだ。仕事が終わってから店に来てほしいという。この間の騒ぎのことだろうか。それなら、おばばを呼ぶはずだ。おばばがいないから、ワシを呼んだとすると、石を放り投げたのがワシだと知られてしまったかもしれない。不安を抱えながらいとは、誰もいない店内に足を踏み入れた。

「あの……」

「ああ、いとさん」

機嫌のいい女将の声が店の奥から聞こえてきた。いとが声のした方を見ると、薄暗がりの中にくっきりと引かれた女将の鮮やかな赤い口紅が見えた。

いとは緊張した。

水色の絽の着物を着こなし、ヒスイの帯留めが塩瀬《しおぜ》の帯を引き立てている涼しげな装いの女将が手招きする。いとはその帯留めの大きさに目を見張った。いとが望んでも一生手に入らないものを、女将は当たり前のように身に着けている。

「ワシは回りくどいのがやーから単刀直入に言うちゃ。米騒動から手ぇ引かれ」

「えっ？」

何を藪から棒に！　思いがけない女将の言葉に、いとは返答できない。

「もちろんタダでちゃ言わんわいね。あんたんとこだけは、米を今まで通りの値段で売ってやるゆうがはどうけ？」

まさか。ワシを買収しようというのか。いい条件を出せばすぐに寝返ると思っているのなら、大間違いだ。

「結構やちゃ！」

いとはきっぱり断った。

仲間を裏切って、自分だけそんな恩恵を受けるわけにはいかない。抜け駆けのようなことは、人としてやってはいけない。いとが踵《きびす》を返そうとすると、それを察したのか、女将は急にやさしい声になった。

「あんたらの仲を引きさこうゆう気はさらさらないが。ただ応援したいだけながよ、いとさんのこと。便り、まだ来んがやろ？　利夫さんから」

いとの足が止まった。

「だったら何け？」

痛いところを衝かれて、いとは動揺していた。女将は再びいとに近づいて、いとの目を覗き込む。おしろいの甘い匂いが、いとの体にまとわりついた。

「いとさんとサチさんくらいやぜ、本当に困っとんがは。みんな旦那はんがおるがやもん。何とかなるに決まっとろう。そやからみんな分かってくれっちゃ」

確かに本当にギリギリまで追い詰められているのは、夫のいない家が多い。女将の言うことももっともかもしれない。だからって……。

女将は畳みかけるように耳元でささやいた。

「トキさんとこの旦那はんにはいい給料あげとあんよ。なんせ仲士の親方やからねえ。フジさんだってえ、本当はウチに米隠し持っとんがよ。この前ウチからでかいと買《こ》うていかっしゃった」

「……そんな……嘘やろ」

女将の話はにわかには信じられなかった。恥を忍んでフジに米を借りに行ったのに、貸してくれなかったではないか。ウチも苦しいと言っていたのは、あれは嘘だったのか。米があることを知らせたくないために、あんなことを言ったとしたら。あの時の、情けない気持ちが蘇り、いとはムカムカ腹が立ってきた。フジに対する怒りもあるが、それが見抜けなかった自分に対する怒りと悔しさだった。

それにしても、フジは裏ではしっかり米の手当てをしていて、子供たちにもしっかりと食べさせていたのか。それができずず本当に困っているのは旦那のいないウチとサチさんだけって……。いとの気持ちが、大きく揺れた。

女将はいとの目を覗き込み、うすく笑っている。

今まで通りの値段で米が買えたら、子供たちに腹いっぱい食べさせることができる。今まで通りの値段で買えたら、どんなにか助かるだろう。でも……。

「それに騒動だって、付き合いで出とるだけながやよ、みんな。清んさのおばばがおっとろしいから。……けど、もうそれも終わりやわ」

たしかに、おばばが逮捕されてからというもの、騒動に参加する人数が目に見えて減っていた。おばばがおっとろしいだけで、本当は出たくて出ていたわけじゃなかったって。そんな……。

「さっきもゆうたろ？　ワシャ回りくどいが嫌ぁなが。乗るがけ？　乗らんがけ？」

いとはまだ迷っていた。女将の話を信じて、乗ってしまっていいのか。裏ではみんながやっていると言う。米だってもらうわけではない、今までの値段で買うのだ。持っている銭で買うのだ。

その時、いとの耳にトシ子の泣く声が聞こえた。

「ひもじい。ひもじい」

トシ子の声が耳の奥に響いている。子供たちに腹いっぱいごはんを食べさせたい。ひもじい思いはさせたくない。

いとは決心した。誰のためでもない、母親として子供のために行動しよう。

「分かったちゃ」

いとはきっぱりと返事をした。

店を出ると、とっぷり日が暮れていた。右手にぶら下げた布袋がずっしりと重たい。たったこれっぽっちの米がこれほど重たいとは。この米は心も足取りも一層重くした。家までが遠かった。

深夜、源蔵が不機嫌そうな顔で戻ってきた。道具の入った袋を部屋に投げ出し、台所にいたトキに言葉を投げつけた。

「二度と米騒動に出るな」

「何ぃね？」

「脅してきやがった、鷲田の女将さん。お前が今度騒動に参加したらクビやとよ」

源蔵は茶の間にどっかり座ると、トキが用意した酒を茶碗に注いでグイとあおった。台所から小鉢に入った魚の煮つけを持ってきてトキも座った。

「なんぼなんでもさあ、横暴すぎんけ？」

「清んさのおばばはもうおらんし、大丈夫やちゃ。それによお」

「なんよ？」

「オラ、聞いてしもたがよ」

「なに？」

源蔵は茶碗酒をあおった。

一日の報告のために鷲田商店に寄った時、店の方から歩いてくるいとを見かけたことを思い出していた。

誰だって貧すれば鈍するのだ。あの小賢しい女だって。

2

トシ子を負ぶって買い物に出た帰り道、いとは鷲田商店に人だかりができているのに気付いた。今は近づきたくない場所だったが、正一郎が「何が起こっているのか見てみよう」と言うので、仕方なくついてきた。

「待ってくたはれ」

という声がして、サチが必死に男にすがっている。男はおみつを抱えてずんずん歩いていく。

「ほんの出来心ながです。今回だけは見逃してってたはれ」

サチが男の前に回り、土下座をした。それを見ていた正一郎が、いとを振り返る。どうしたらいい？

正一郎が目で問いかけるが、いとは答えられない。店の周囲には大勢の野次馬が集まり、なりゆきを見守っている。おみつを抱えた男は鷲田の番頭で、えらい剣幕だ。

そこに店から鷲田の女将が出てきて、土下座しているサチに近づいた。

「サチさん、ひと様のモノに手ぇ出すちゃあ、どんな育て方しとんがいね？」

見下すように言う。

「ちごーがです。ちごーがです」

サチは頭を地面にこすりつけて繰り返した。

「根性悪にはお仕置きが必要じゃ。警察へしょっぴいてやる」

番頭がおみつを脇に抱え、歩き出そうとする。

「お願いです！　許してくたはれ」

縋《すが》り付いたサチを振りほどこうと番頭が体をねじると、そのはずみでサチが地面に投げ出された。

「お母ちゃん！」

おみつの悲痛な叫び声がする。

「おみつ！　おみつ！」

サチが番頭の脚にしがみつくと、番頭はサチを足蹴《あしげ》にする。

「お母ちゃん！　母ちゃん！」

おみつの大きな叫び声を聞いて、いとが止める間もなく正一郎が飛びだし、サチのそばに駆け寄った。

「おばちゃん、ケガないけ？」

正一郎はサチに声をかけて、手を差し出し立ち上がる手助けをした。

「大丈夫、オラに任せて」

正一郎は立ち上がり、番頭を睨んだ。

「やい、お前！　そんなちっこい女の子に乱暴するちゃ卑怯やぞ！」

番頭は厳しい表情のままだ。

「何じゃ、お前が代わりに警察行きてぇあんか？」

番頭は抱えていたおみつを下ろすと、正一郎に近づき襟首を捕まえようとする。

番頭の手を離れたおみつにサチが駆け寄り、しっかりと抱きしめた。

「お母ちゃん」

「おみつ」

二人の声を聞いて安心した正一郎は、番頭を睨み返した。

「ああ。おみつちゃんの代わりにオラが警察に行ってやっちゃ」

いとは正一郎に駆け寄ると、正一郎の頭を押さえた。

「あんた、何ちゅうことゆうが」

いとは、正一郎を引きずって土下座で謝らせようとする。

「申し訳ありません。子供のしたことだから、許してくたはれ」

いとは頭を土にこすりつけた。頭を押さえつけられていた正一郎は、いとの手をはねのけ立ち上がる。

「オラは謝らんぞ」

「正一郎！」

「おみつちゃんは、なんも悪ないから」

その様子を見ていた鷲田の女将が、正一郎に近づいてきた。

「はあん、泥棒したがに悪くないがけ？」

「泥棒したがは、おばちゃんのせいやから。おばちゃんはお米もお金も腐るほど持っとるがに、全部独り占めしとる。一体どんだけ手に入れたら満足するがよ。おばちゃんは自分のことばっかし大切で、他の人の気持ちを考えたことないがよ！」

じっと聞いていた女将は、皮肉な笑みを浮かべた。

「確かに、坊やの言う通りかもしれんね。でもね、自分のことばっかし大切なんはワシだけじゃないがよ」

女将が正一郎を見て、その視線をいとに向けた。

「?」

正一郎がいとを振り返ると、いとは思わず目をそらした。

「ねえ、どういうことなん?」

正一郎が目で問いかけるが、いとはたまらず下を向いた。女将がニヤニヤしながら、正一郎の傍に寄る。

「坊や、ゆんべ、ごはんいっぱい食べたろ?」

鷲田の女将は、しゃがんで正一郎の腹のあたりを触った。

「坊やは腹いっぱいなんに、なんでおみつちゃんのウチは米がなぁて泥棒せんにゃならんかったがかねぇ」

正一郎は再びいとを振り返った。

「母ちゃん?」

いとは、首を小さく左右に振り下を向いた。鷲田の女将は勝ち誇ったような顔で、いとと正一郎を交互に見ている。正一郎は両手を固く握り、じっといとを睨んだ。

その時、背中のトシ子が、火が付いたように泣き出し、チヅ子はいとの着物の裾をしっかり握ったまま いとを見上げた。

集まっていた近所の野次馬は、小声で何やらしゃべっている。

「いとさんとこだけ……」

「ひいき……やろ」

囁きが、いとに刺さる。針の筵《むしろ》に座ったようで、いとは動けなかった。

女将との秘密の取引が、知られてしまった。近所のおかかもだが、それよりも子供に知られてしまったのが辛い。

いとはチズ子の手を引き、ぐずるトシ子を負ぶったままようやくその場を立ち去った。去って行くいとを、正一郎は冷たい目で見送った。

おみつはいよいよ細くなったサチの手をしっかり握ると、サチはこらえきれずにすすり泣いた。おみつは何か決心したように天空を睨んでいる。

どこまでも青い空に、刷毛《はけ》ではいたような薄い雲が広がっていた。

いとは家に戻ると、夕餉《ゆうげ》の支度のために井戸へ向かう。本当は行きたくなかった。しかし、気持ちを奮い立たせて家を出た。井戸の周りには、トキを中心に何人かのおかかが集まっていた。

「いとさんとこだけ、米安う買えることになっちゃ」

「鷲田の女将に買収されたらしいが」

「へえ。ひっどいね」

「一人だけ……って」

やはり噂が広がっている。

いとは家に戻ってしまおうかと思ったが、それではすべてを認めたことになる。普段通りを装って、井戸に近づいた。いとの姿を見つけたおかかたちが、ピタっと話をやめた。トキはそそくさ立ちあがり踵を返す。他のおかかも、続いて逃げるようにいなくなった。

誰もいなくなった井戸端で、いとは泣きたい気持ちになった。でも、ここで泣いたらおしまいだ。絶対に泣かない。私は子供のためにやったのだ。いとは大急ぎで水を汲むと、桶の水を洗い場にぶちまけるように流した。

大きな水音が、持っていきようのないいとの心の声と重なった。

3

「そろそろ寝ようか」

サチは昼間のことにはわざと触れずに、おみつに声をかけた。子供にあんなことまでさせてしまったのは、私が不甲斐ないせいだ。おみつに対する申し訳なさでいっぱいだった。

「うん」

おみつはいつものように答えると、二人で並んで寝床に横たわった。サチはなかなか寝付けないようだったが、昼間の疲れが出たのだろう、やがて規則正しい寝息が聞こえてきた。おみつはサチの寝息を確認し、布団を抜け出した。物音がしないように、そーっと玄関の引き戸を開けて外に出る。

漆黒の空に、大きな満月が怪しい光を放っているのが見えた。人々が寝静まった深夜、通りをゆく人影はない。おみつは手に布の袋をぶら下げて、忍び足でそろりそろりと歩き始めた。

昼の熱気が収まり、少しは涼しく感じる。漆黒の闇の中へ、吸い込まれるようにおみつは進んでいく。目指すのは、運河沿いにいくつも並んでいる鷲田商店の米蔵だ。もうこれ以上、お母ちゃんにひもじい思いをさせるわけにはいかない。

あの時、黒岩さんが握った手をそのまま我慢していれば、お母ちゃんにごはんを食べさせることができたのではないかと、おみつはずっと後悔していた。

昼間は失敗したけれど、今度は絶対にへまはしない。お母ちゃんにお腹いっぱいお米を食べさせるのだ！

米蔵の入り口近くの壁には、ポッンと一つ明かりがついていた。蔵を一つ一つ見ていくと、錠前がぶら下がっている蔵があった。誰かが鍵をかけるのを忘れたのだろう。おみつはぶら下がっていた錠前をはずし、ゆっくり戸を開ける。

蔵の重い戸がゴロゴロと音を立てて、少しずつ動く。おみつの心臓は早鐘を打ち、手のひらが汗で濡れてきた。もう少し開けば、体を滑り込ませることができる。おみつは息をつめて重い戸を動かした。

細く開いた隙間に、体を斜めに入れた。

ようやく入った蔵の中は、暗く少しひんやりしている。昼間見た時には、奥の方から米俵が天井近くまで積んであった。

次第に闇に眼が慣れてくると、蔵の真ん中あたりまで俵が五段に積まれているのが分かった。二段目の俵ならちょうど手が届く。おみつは二段目の米俵の脇から指をこじ入れて、隙間を作ろうとしたが、藁がみっちり編みこまれていて指が入っていかない。

おみつは体ごと米俵に預けて、なんとか藁の間に指を入れて、米を取り出そうとした。

ようやく人差し指が入った。米粒がバラバラとこぼれ出てきた。それを布袋に入れると、次は中指をねじこもうとして再び米俵に体を預ける。

「もう少し！」

おみつは一層体を米俵に押し付けて、米を取り出そうとした。

米粒が指先に触れる。米俵の米粒は夏でも冷たい。あと少し、あと少しでたくさんの米をお母ちゃんに食べさせることができる。

ドッ、ドーン！

その時、地響きのような音とともに、何かがおみつの体にあたり、そのはずみでおみつは床に叩きつけられた。


「きゃーっ！」


おみつの小さな悲鳴が真っ暗な米蔵に響く。

続けざまに、ドドーンという音が聞こえたような気がした。

遠くなっていく意識の中で、おみつはお母ちゃんがにっこり笑っている顔を見た。

両親と三人できらきら光るごはんを食べていた、あの楽しかった食卓。

蔵の扉が勢いよく開き、明かりがともった。

「なんだ！　どうしたがけ」

蔵にきれいに積まれていた米俵が崩れて、床に落ちていた。蔵の番の男が、片付けようと米俵の傍によると、米俵の下に何かあるのを発見した。

近づいて俵を一つ一つどけていくと、下駄をはいた細い足が見えた。

「た、大変だ！」

男は大声で叫ぶと蔵を飛び出し、もう一人の蔵番に声をかけた。

「どけどけ！」

警察官が数人、蔵の入り口付近にいた野次馬を蹴散らすようにして、中にはいった。土間には戸板に乗せられた小さな女の子の亡骸《なきがら》がある。胸から下には筵がかかっている。

「おみつーっ！」

駆け込んできたサチが、叫んだ。

「おみつ！　おみつ！　おみつ！」

亡骸《なきがら》に駆け寄ると、抱き起こそうとしたが警察官に止められた。警察官は首を横に振り、目を伏せる。

サチは目を閉じたままのおみつの顔を、何度も何度も撫でた。指先にはまだ温かさを感じるが、おみつは動かない。手や足からは血が流れているのに、顔は傷ついておらず、まるで眠っているようだった。

筵をあげると、おみつの拳がかたく閉じられているのに気付いた。

サチが親指、人差し指と開いていくと、手のひらには血でピンク色に染まった米粒が握られていた。

「米……が」

サチはこらえていた涙がどっと溢れ、おみつの亡骸に覆いかぶさって声を上げて泣いた。

「おみつ……」

私がダメな母親だったから、おみつにひもじい思いをさせてしまった。私がしっかりしてたら、おみつはこんなことなどしなかった！　子供にこんなことまでさせる母親などどこにいる。サチはおみつの亡骸を強く抱きしめた。

「お母ちゃんに、腹いっぱい食べさせてあげたいがです」

母思いのおみつは心配をかけまいと、いつも笑顔でいてくれた。

何もしてあげられんで、ごめん。おみつ、ごめん。

おみつがいてくれたから、かあちゃんは米俵だって運ぶことができた。おみつがいなくなって、これからどうやって生きていったらいいのだろう。

サチはおみつの頬に手を伸ばした。生きている時と同じような聡明な表情のおみつの顔は、次第に冷たくなっていく。やがてぞっとするような冷たさが、サチに伝わり心が氷のように固く閉じられていくのを感じていた。

事故を知って集まっていたおかかたちは、胸の前で手を合わせる。

いとも目を閉じて手を合わせた。

米のために、おみつは命をかけた。やさしいおみつのことだ、母親にどうしても米を食べさせたかったのだろう。なぜあの時、米を分けてあげなかったのだろう。いとは自分だけ今まで通りの値段で米を買っているという負い目で、何もできなかった自分を責め、唇を噛みしめた。

昼間の鷲田のことがあった後で、サチの家に行っていればこんなことにはならなかった。ワシのせいで、おみつをここまで追い詰めてしまった。人目ばかり気にして何もしてやれなかったから、おみつを死なせてしまったのだ。人として最低だ。

後悔の念が後から後から湧いてくるが、おみつは戻ってはこない。

「おみつーっ」

サチの声が蔵の奥から漏れてくる。涙の混じった切ない声が、いとを一層苦しめる。母親にとって子供を失うことがどれほど辛いことか。子供の命を奪うことをしてしまった自分をいとは許せなかった。

蔵の外に立っていた雪と一ノ瀬のところにも、サチの泣き声が切れ切れに漏れてきた。

雪はおみつと一緒に出掛けた黒岩邸での出来事を思い出していた。

「お勉強を頑張ると、お母ちゃんが喜んでくれるからうれしいがです」

と言っていたおみつ。賢くて、母親思いのおみつはなぜ死ななければならなかったのだ。あの時、黒岩が支援を約束してくれれば、おみつは死ぬことはなかった……のだ。

「許せん……絶対に」

おみつを追い詰めた黒岩の顔が脳裏に浮かび、怒りとも悲しみともつかない気持ちが湧いてくる。

このままではいられん。

雪は踵を返し、走り出そうとすると熊澤に制止された。

「どこに行くがよ」

厳しい顔で睨む。

「あなたには、関係ありません」

雪は熊澤を振り切り、運河にかかる橋を渡ろうと走り出すと、橋の上で誰かとぶつかった。男が激しい水しぶきを上げて運河に落ちたが、雪は立ち止まりもせずそのまま走った。

雪の後を熊澤が追ってきて、後ろから腕を摑んだ。雪は振り切ろうとするが、腕は摑まれたままだ。

「離してください」

抵抗する雪を、三人の警察官が取り囲んだ。そこへ、いとが追いかけてきた。

「雪さん、やめとかれ」

　厳しい声で叫んだ。

「行かせてください。おみつちゃんの無念は、あたしがこの手ぇで晴らすがです」

「そんなん、絶対にしられん」

「何でですか？　いとさんは悔しないがですか？」


「悔しいちゃ。悔して悔して、はらわたが煮えくり返っとるわ。サチさんやおみつちゃんを追い詰めた奴らを、全員八つ裂きにしてやりたいちゃ」


　いとは怒りに震え、両手を真っ白になるほどに握りしめている。

「それに、殺してしまいたいがは、あいつらだけじゃないが」

　いとは情けなかった。取り返しのつかない後悔が体を蝕《むしば》んだ。できることはいくつもあったはずなのに、おみつを助けることができなかった。何もしなかった自分が許せなかった。

4

新町警察署の外壁に電灯が一つ寂しくともっている。

熊澤は蔵から戻ると、どっかと自分の椅子に座った。

あんな小さな子供が、米のために命を落とす世の中などあってはならない。しかし、実際に起こってしまった。しかし、それほどにインフレによる経済のひっ迫が、細民の生活を圧迫しているのだ。しかし、政府は内務省を通じて、警察は細民の反乱・暴動に対しては断固たる措置をとるように通達をよこしている。自分は警察官だから上からの命令に逆らうことはできない。しかし……。

考え事をしていた熊澤の前に、夜勤の警察官が立った。

「なんだ」

「それが……」

「どうした」

「留置場のおばばのことですが。飯を食わんがです」

「食べない？　腹でも壊したか」

「いえ……。実はずっと食べておらんがです」

「ずっと?」

「はあ。もう三日も」

「何。三日も食うておらんのか」

「はい。夕方自分が飯碗と汁と漬物を持っていき、めしやぞと声をかけても清んさのおばばは動かんのです。扉に背を向けて胡坐をかいたまま、何やら呟いているだけで」

「こっちも見んのか」

「はあ。何度声をかけても、返事をするどころか振り返りもしません。きっかん婆はんやのう。どもこもならんといって、出てきてしまったわけでありまして、ですので今晩も飯を食うておりません」

熊澤は厳しい表情になった。鷲田の女将に言われておばばを逮捕したはいいが、罪状は騒動だ。他の罪を犯したわけではないおばばを、どうしたらいいのか。外に出すと女将が文句を言ってくるだろうし、かといって罪もないものをこのまま留置しておいていいものか。まして、女やぞ。

立秋を過ぎたとはいえ、夜になっても昼間の熱気が残っている。首を伝って落ちていく嫌な汗を、熊澤は手で拭い周囲に気付かれないようにため息をついた。

その頃、留置場のおばばは、床板に直接横になっていた。窓からほんのわずかに見える空には、星が瞬いている。おばばはしばらくそれを見ていたが、やがて目を閉じ眠りについた。

5

「いとさん。おる？」

赤い着物に白いパラソル姿のヒサが、家に訪ねてきた。

久しぶりに会ったヒサは、見違えるほど堂々として綺麗になり、いとは少し気後れした。手にはバスケットと大きな風呂敷包みを抱えている。

「一から出直そう思て」

ヒサがまっすぐな視線をいとに向けた。

「出直すちゃ、ここから出ていくがけ？」

「ああ、金沢のお茶屋さんに雇ってもらえることになったから」

「そいがけ」

金沢といえば、汽車に乗っていく大きな街だ。そんなところへ、女一人で行くというヒサにいとは驚いた。

「これ以上、浜の女らちの噂の種になんがはまっぴらやから」

その気持ちは少し理解できる。針の筵の辛さは、いとにも分かったが、だからってここを離れるなんて。

「大丈夫け」

女一人で世の中を生きていくのは並大抵の苦労ではない。まして知らない土地で、ヒサが果たしてやっていけるのか心配だった。雑誌には職業婦人として活躍する女が紹介されているのを目にしたことはあるが、あれは夢物語でいとにはとうてい現実とは思えなかった。

「でもねぇ、あたし後悔ちゃしとらんよ」

ヒサは満面の笑みを浮かべている。

「さぁー、あたしみたいな女が、ちょっこしでもいい生活を手ぇに入れたい思たら、男に頼るしか道はなかったんやもん」

「そんな悲しいこと言われんなよ」

「いとさんだっておんなじようなもんやろが」

「何が？」

「言われるがままに嫁に来て、朝から晩までクタクタになるまで働いて、生きとるだけで精一杯ながやろ？　もっといいウチに嫁いどったら、そんな苦労せんでもすんだがじゃないけ」

ヒサの言う通りかもしれない。たしかに女は嫁いだ男次第で、生活の苦楽が決まるところがある。でも、苦労ばかりでもないと言いたかったが、理由を説明する言葉が見つからない。

「そやからこれからは、男なんかに頼らんと生きてくゆぅて決めたん」

サバサバしたヒサの表情は自信に満ちていた。

男に頼らず一人で生きていくということは、すべての苦労を自分で背負うということだ。ヒサの清々とした様子からは、後戻りしないという覚悟が見て取れた。楽なことばかりではないだろうが、乗り越えていけるにちがいない。ヒサからはしなやかさとたくましさとを感じられた。

一人で生きるという選択をした目の前のヒサを、いとは応援したいと思った。

「頑張って。元気で」

「うん。いとさんも」

ヒサはもう一度、背筋をピンと伸ばした。くるりと回れ右すると、一度いとを振り返り、手を振ってヒサは一歩一歩確実な足取りで去って行った。

その後ろ姿を見て、いとはおみつのことを思った。人生はままならない。

亡くなってしまったおみつも、自分の考えに従って行動を起こした。もしあのまま大きくなっていたら、ヒサと同じように誰にも頼らずたくましく生きていく道を選択したような気がした。ヒサもおみつも、自分がやるべきことを考え一歩踏み出したのだ。

人には身の丈がある、ワシはここで家族のために生きていくしか道はない。自分は今、無念の死を迎えたおみつのためにも、家族のために何かしなければならないことは分かっているが、本当に何をしたらいいのか。自分が踏み出すべき一歩は何だろう。いとはずっと答えを探していた。自分が踏み出す一歩は一体何なのだろう。

6

いとは雪の家へ急いだ。大事な話があるという。

子供たちが帰ったあとの雪の家の縁側に腰かけた。雪は少し表情が硬い。いい話ではないのだろう。

「何か困ったことでも？　正一郎が何かしたんでしょうか」

いとは思い切って切り出した。

「いいえ」

雪は言いよどんだ。

「正一郎さんから、相談されました……」

なかなかその先を言わない。

「何を？」

「……どうやったら士官学校に入学できるかということだったんです」

「えっ！　士官学校に？」

雪は大きく頷いた。

「どうしたら入れるのかって。思いつめた表情で聞くので、心配になってしまって」

「なんでまた」

「兵隊になったら、お金がもらえるからって。そしたら、米が買えるがじゃないかって」

「まさか正一郎、シベリアに？」

おみつの一件以来、正一郎に何度話しかけても無視され話ができていない。正一郎はいつも何か真剣に考えていることが多くなった。おみつのことが尾を引いているのかと思っていたが、まさか兵隊に志願することを考えていたなんて。子供だ、子供だと思っていた正一郎が……。


でも、冗談じゃない。銭と命を引き換えにするなんてもってのほかだ。正一郎を戦争に行かせてなるものか。

いとは決心した。なんとしても、やめさせなければ。

帰り道に、正一郎に何と切り出したらいいか迷っていた。頭ごなしに叱ると、かえって反発するかもしれない。それに、雪が告げ口をしたと思い一層心を閉ざしてしまうだろう。考えながらとぼとぼと歩いていると、井戸端そばを一ノ瀬が横切った。手にはボストンバッグを持っている。

「どうしたん」

いとが思わず声をかけた。一ノ瀬は気まずそうに目をふせ軽く会釈して立ち去ろうとする。

「帰られるがけ、大阪に」

一ノ瀬は仕方なく立ち止まった。一ノ瀬にとって、一番会いたくない人だった。何を言っても言い訳になるので、いとの目を正面から見られない。

「僕は自分に失望したんです」

「失望?」

「真実を伝えたい。そんな使命感に突き動かされ、僕は記事を書きました。世の中を変えられると信じていました。なのに僕はできなかった。自分が無力であるという事実を、嫌というほど思い知らされただけでした。僕はこれ以上、ここにいる資格はありません」

肩を落とす一ノ瀬になんと声をかけたらいいのか、いとは考えていた。

「ただ、これだけは言わせてください。あなたがたが闘う姿を見て、僕は衝撃を受けました。闘う理由を聞いて心を動かされました。だから、たくさんの人に知ってもらいたいと思い全身全霊をかけて記事を書きました」

一ノ瀬の言葉がいとの心に響いた。ここに理解者がいる。たった一人かもしれないけれど、自分たちの行動を理解して応援してくれる人がいる。

「そう言うてくれるだけで十分やわ」

「えっ？」

一ノ瀬はいとをしっかりと見つめた。

「分かったん。無駄じゃなかったって」

孤軍奮闘して空回りしているだけだと思っていたのだが、ちゃんとここに理解してくれる人がいた。行動を起こして無駄なことなんて、一つもないんだ。誰かがちゃんと分かってくれる。いとはそれが本当にうれしかった。

夕焼けが一ノ瀬の顔を赤く染めている。去っていく一ノ瀬を見送りながら、いとの心はあの夕焼けの色にも負けないほど、赤々と燃えていた。

第六章　負けんまい

1

八月の盂蘭盆《うらぼん》の送りもすぎて、朝夕少しだけ過ごしやすくなってきた。とはいっても、昼間は相変わらずの暑さだ。座っていても、首と言わず背中と言わず汗が噴き出し、それが集まると大きな粒となって体の下の方へ流れていく。

清んさのおばばは、今日も留置場で静かに座禅を組んでいた。

目を閉じ、微動だにしない。

これで七日、食事を摂っていない。枯れた棒っきれのように腕の表面にシワが浮かび、頬に縦にくっきり入った筋が、やがて深いシワになり、その間を汗が滑り落ちていく。

「ずっと飲まず食わずなががか」

警察署長の熊澤が若い警察官に聞いた。

「はい。このままでは命があぶないかと」

「即身仏」

熊澤は自分で言った言葉に、思わず頭を振った。おばばが、瞑想を続けたまま涅《ね》槃《はん》に入る高僧のようになっては困る。女を逮捕しただけでも、前例のないことなのに、逮捕した女が飲まず食わずで死んでしまったとあっては、責任問題になる。警察署長の更迭だけでなく、上司も責任を問われてしまうかもしれない。そうなると出世の道が断たれ、黒岩さんへの恩返しもできなくなる。これはまずい！

「医者を呼んでこい」

熊澤は部下に命じた。

しばらくすると、人力車が警察署の前に到着した。少し高齢の医者がかばんを抱えて、警察署によろけながら入ってくる。

立て付けの悪い留置場の扉が、ぎーっと音を立てて開いた。その音にもおばばは反応せず、じっと壁を向いて瞑想を続けている。

白衣を着た医者が清んさのおばばに近づき、脈を取ろうと手首を掴んだ。おばばは、ゆっくり目を開けて医者を睨んだ。

「頼んどらんぞ」

おばばの声など関係なく、医者はバッグの中から聴診器を取り出した。

「ばあちゃん、そんなが言われんな」

聴診器を当てようとする医者の手を、おばばがぴっしゃりと叩いた。

「あんたら医者は、人が困っとる時ほど金を儲ける。米屋とおんなじやじゃ。ワシはそんなやつの世話にだけはならん」

清んさのおばばは、医者に背を向けて診察を断固拒否した。

医者はどうしたものかとそばの警察官の顔を見た。若い警察官がおばばを医者の方に向かせようとするが、おばばは拒絶する。何回か試みたがダメだったので、熊澤に報告した。

熊澤は苦虫を噛みつぶしたような表情で「ここで死なれてはかなわんぞ」と呟いた。若い警察官は自分の落ち度を指摘されたと思い、下を向いた。

2

いとは決心した。

このまま黙って何もせず諦めてしまったら、後悔することになる。米が買えないという現状を、行動で示さないことには誰も分かってはくれない。

しかし清んさのおばばが逮捕されて以来、浜のおかかが集まることもなくなった。おかかは家の米びつと子供のことで精一杯で、少しでも銭になること、食べるものを探す努力だけで他には何もやっていない。上がる米価になすすべもなく、毎日のやりくりが精一杯で他人のことなど気にする余裕がないという事情もあるのは、いとだって同じだ。

いとは止むに止まれぬ思いで井戸端に近づくと、みんなに聞こえるように大きな声で訴えた。ここでみんなと一緒に行動しなければ、何も変わらない。

「話を聞いてくれんけ」

トキは洗っていた野菜をざるにあげ、いとを無視して家に戻ろうとする。

「トキさん、話を聞いてほしいが」

トキは面倒くさそうに、立ち止まった。

「なんの話け」

「そうや。ワシらちに話なんかすることがあるがけ」

フジは取り付く島もない。

「また、積み出し阻止をやりたいが」

思い切って言ったいとに、トキはあきれたように、目をむく。

「はあ。また積み出し阻止やりたい？」

「ワシらちを裏切っとってかって、ようそんなことが言えるのぉ」

面と向かって非難するフジに、抑えていた感情が切れた。

「裏切った？　ワシが？　ようゆうわ。鷺田の女将さんから全部聞いたちゃ。あんたらちも、所詮ワシと同じ穴のムジナやろ」

いとの声がいよいよ大きくなる。

「同じ穴のムジナって……」

トキとフジが顔を見あわせた。

そんなことを言われる筋合いはないという顔で、いとを無視して背中を向けた。井戸端にいた他のおかかたちは、言い争いに巻き込まれたくないとそっぽを向き野菜を洗う手を止めない。

「米が高くて買えんで、苦しないが。だからもう一遍、積み出し阻止やらんまい」

いとが訴えた。

「積み出し阻止っていっても、おばばももうおらんがやし」

「何べんやったって同じやちゃ。やるだけ無駄ながよ」

おかかたちは、これ以上の面倒はご免だと口々に言う。

「そうや、我慢して何とかやりすごすしかないがよ」

若いおかかも同調した。

「そうやって諦めんがけ？　おばばがおらんようなったくらいで、なーんもできんようになるちゃあ、浜の女ちゃ案外口だけながやね」

しかし、誰もいとの挑発には乗ってこない。

「諦めたらやつらの思うツボやぜ？　ねぇ、悔しないけ？　自分たちの手ぇでなんとかしたいと思わんけ？」

おかかたちはいとの言いたいことも分かっていた。しかし、女が動いたって何も変わらないという現実を多くの女は何度も経験してきていた。その気持ちを何とか変えなければといとは必死に訴えた。

「ワシらちにできるがは、これしかないがやから」

いとは何としても協力を求めたいと説得をしたが、いとに賛同する人は誰一人としていない。

「そいがなら、一人でやればいいねか」

フジは立ち上がり、そのまま家を目指して歩いていく。

「ワシらちを、巻き込まんといてくれんけ」

そんな！

トキが歩き出すのと相前後して、おかかがみな立ち去る。誰もいなくなった井戸端にいとは一人残された。

でも、このままではおられん！　いとは口を一文字に結んで、決意を固めた。

井戸端に一人立ち尽くすいとを、タキが遠くからしっかりと見つめていた。

3

いとは黙って夕飯の支度をした。

朝炊いたごはんに水をかけ、漬物と汁といういつもの献立だ。卓袱台に並べると、タキが両手を合わせて「いただきます」と言ったのに続いて、子供たちも同じように拝んで食べ始めた。

しかし、正一郎は箸を手に取ろうともしない。あれ以来、正一郎はいとの前では絶対にごはんを食べない。見かねたタキが言った。

「意地っ張りやね、この子は」

正一郎はそっぽを向いたままだ。

「正一郎、食べられ」

正一郎は無言で立ち上がり外に行こうとするが、いとは正一郎を制した。

「待たれんか！」

「離せ！　そんな米、死んだって食うてやるか」

前に立ちはだかるいとに、正一郎が言った。

「母ちゃんは、おみつちゃんを見殺しにしたんや！」

見殺し！　という言葉が、いとの心を突き刺した。見殺しにしたくて、したわけじゃない。ワシの気持ちも知らんと。いとはカッとなり、思わず正一郎の顔を平手打ちした。誰のために、やったと思っている！　あんたたちを守るためだったのに。

平手打ちをされても、正一郎はひるまずいとを睨み続ける。

「オラは兵隊になる。兵隊になって銭をもらう。そしたらチヅ子やトシ子やばあちゃんにひもじい思いさせんで済む」

正一郎はずっと考えていたことを、いとにぶつけた。

「オラは、母ちゃんみたいな大人だけには絶対にならん」

いとの気持ちがプツンと切れ、膝から崩れそうだった。なんのためにやってきたのか。子供のためだけ考えてきたのに、独りよがりだったというのか。いとはショックのあまり、口もきけなかった。

「いい加減にせえま！」

その時タキの厳しい声が飛んだ。正一郎は驚いて、タキを見た。

「お前みたいなへしこ（青二才）に養われっほど、落ちぶれとらんちゃ！」

「お義母《かあ》さん？」

「いとさんは黙っとれ」

「こっちにこられ」

タキは正一郎を自分の前に座らせた。

「正一郎、あんたはなーんも分かっとらん」

タキは背筋を伸ばし、座りなおした。

「そういえばぁ、あんたにまだおじじの話したことなかったねぇ」

正一郎はタキの勢いに押され、神妙な顔でタキの前に正座した。

「あんたのおじじちゃね、三十年前、漁に出たきり帰って来んかったがよ。ワシは五人の子供を抱えて途方にくれたもんやちゃ」

いとも初めて聞く話だった。

「食うもんがなんもなて。惨めでひもじいて。もう死んでしまおう、そう思て歩いとったら、空になった帳場が目ぇに入ったがよ。大店《おおだな》のね。途端に頭が真っ白になって。気ぃ付いたら、両手に銭を握りしめとった……」

タキは当時のことを思い出したのか、目の縁がうっすら赤くなっている。

「女は子供を産んで初めて母親の気持ちを知る。そやけど男はそうはいかん。毎日ごはんを食べられるがが、当たり前だと思てしまう。そやから食べもんで大騒ぎするワシらちのことちゃ、理解できんがよ」

正一郎は唇を固く結んだままだ。

「挙げ句の果てに、自分たちの正義を振りかざし世の中を引っ掻き回す。そのツケを払うがちゃ、いつの時代もワシらち女ながよ」

正一郎はその場から動けない。タキはいとに目配せした。いとは正一郎のそばに行き、しっかりと体を抱きとめた。

「絶対に行かせん。これ以上、奪われてたまっけ！」

いとは腹の底から、力が湧いてくるのを感じていた。今動かなければ自分の大事なものが奪われても、泣くしかできない人になる。そうなっては絶対にダメだ。大事なものは、自分の手で守らなければ誰が守ってくれるのだ。

いとは覚悟を決めた。子供を守れるのは、自分しかいない。それができるのはワシらち女だけだ。諦めちゃダメだ。動かなきゃダメだ。

その時、バタバタと足音がして、玄関が開いた。

「いとさん。大変やわ」

フジが悲痛な顔で飛び込んできた。

4

静かな夏の夜である。池田模範堂は戸が閉まり、木製の看板が風に揺れている。

いとはくぐり戸から店内に入ると、帳場の奥の座敷から明かりが漏れているのが見えた。上がり框で下駄をぬいで、座敷につづく廊下を急いだ。

座敷の中央に布団が敷かれ、顔馴染みのおかかたちが悲壮な顔でそれを取り囲むように座っている。二十人以上はいるだろうか。もちろん雪の姿も見える。漢方薬を煎じた匂いが部屋中に充満している。すすり泣く声も聞こえる。

布団には、見る影もなく痩せてしまった清んさのおばばが、静かに眠っているのが見えた。

枕元ではフジが、いまわの米を竹筒に入れ、おばばの耳元でさかんに振っている。

「おばば、頼んから死なんで」

何度も何度もいまわの米を振るフジの声に、おかかたちのすすり泣く声が重なり一層大きくなる。

おばばが今にも死にそうな様子で横たわっている。この辺りのおかかにとってはもちろん、いとにとっても、おばばの存在は心の拠り所だった。おばばがいなくなるなど考えたことがなかった。もしいなくなってしまったら、糸の切れた凧《たこ》のように頼りなく、どこかへ吹き飛ばされてしまう。そんな心細さをみんなが感じていた。

いとはおばばが体をはって抵抗したのに、逮捕されてしまったあとは何もできずにいた自分を恥じた。体を投げ出すように、いとはおばばの眠る布団に突っ伏した。

「おばば、ごめんなさい」

何もできなかったという思いで胸がいっぱいになり、それ以上何も言えない。それを聞いたフジが、鬼の首でも取ったようにいとを非難した。

「おばば、いとさんは鷲田の女将に買収されたがよ」

何を言い出すのだ！

私が謝ったのはそんなことじゃない。それを言うなら、あんたはどうながやと怒りにも似た気持ちが湧きあがってきた。いとはガバっと上半身を起こすと、フジに向かって言った。

「なんで、フジさんはそんなこと言えるが」

フジにだけは言われたくないし、言われる筋合いもない。いとのあまりの勢いにフジは動揺した。

「だって本当のことやろぉ」

「フジさんだって、本当は食うがに困ってなかったらしいねけ」

フジは目を大きく見開き、一瞬息を止めた。いとは引き下がらない。

「ぜーんぶ知っとんがやから」

いとはフジを睨みつけた。


いとは、米を分けてもらいにフジの家に行った、あの日のことを思い出していた。

「あの、言いにくいがやけど……お米をちょっこし分けてもらえんかと思て」

「利夫さんからの便りがのうて大変やとは思うけど……ウチも生活が苦して。堪忍してくれんけ」

しかし本当は、鷲田商店からでかいと米を買っていたというではないか。

あの時の恥ずかしさと悔しさが思い出されて、無償に腹が立ってきて、余計に言葉にとげが混じった。

フジは目を泳がせながら、反論する。笑い飛ばそうとするが、心が動揺してなかなか笑えない。

「いとさん、あんたも人が悪いねぇ」

と言うのがやっとだった。

「フジさんだけには、言われたぁないわ」

いとが強く言い返すと、その場にいたおかかは、一斉に非難の視線をフジに浴びせた。フジは耐えきれずに、布団に突っ伏した。

「おばば、悪かったたちゃ。ワシは米があったんにいとさんに貸し渋ったがよ」

「ありゃあ、なんちゅうひどいがいね」

トキはここぞとばかりに、フジを攻撃する。いとはトキに対しても追及の手を緩めない。

「トキさんだってあろう？」

矛先がいきなり自分に向けられて、トキはうろたえた。

「何が？」

おかかたちの視線が今度はトキに集まる。

「な、なんね」

虚勢を張っていたが、ついに周囲の厳しい視線に耐えられず、トキはしぶしぶ口を開いた。

「おばばが捕まってから米騒動には出んようになってしもた。父ちゃんに命令されてぇ。おばば、ごめん」

清んさのおばばの布団に向かって、深く頭を下げた。しかし、おばばはピクリとも動かない。トキは鋭い目つきで、隣のミネを見た。あんただって、同じ穴のムジナだろう！　トキの無言の圧力がミネに注がれる。

「ええっ？」

おかかの視線が今度はミネに集まる。それがきっかけで、次々とおかかの告白が始まった。

「えっと、ワシもおばばが捕まってから米騒動に出んようになったたちゃ」

「ワシもやちゃ。おばばがおらんから、もう出んでもいいかなぁと思て」

「ワシは、おばばがおらんようなってからも、出とったけど、なーんうまく行かんし」

「結局ワシらち、おばばがおらんにゃなんもできんがよ」

おばばという司令塔を失い、何もできなくなった自分を責めている。それは懺悔というよりは、何もかも諦めていた自分に対する憤りでもあった。おばばという支えに頼り切り、おばばを言い訳にしてきた自分たちが、本音を言いあうことで、漠然と不安を感じていたのは自分一人ではなかったことが分かった。おばばが死ぬかもしれない時になったからこそ、ようやく言える本音だった。

部屋の中に静寂が戻った。口火を切ったのはフジだ。

「このまんまじゃダメや、ゆぅがだけは分かっとったんがやけど。どうすりゃいいがか分からんでよ」

フジがいまわの米をおばばの耳元で一層激しく振るが、おばばは目を覚まさない。

「自分たちのことながにね。情けない言うたらないわ」

と言うトキに、フジも続けた。

「おばばは立派に闘ったがに。ワシらちは尻尾を巻いて逃げだしてしもうた」

それじゃダメなのだという思いで、おばばの布団を取り囲んだおかかたちが大きく頷いた。いとは、それを見逃さなかった。

「何かを始めなければ何も変わらん」

いとは静かに言った。

おみつは母に米を食べさせたいという一心で、盗みにはいり死んだ。正一郎だって、家族にごはんを食べさせたいと兵隊になるという。子供でさえ必死に考え、行動しているのにワシらちが何もしないでいいわけがない。

今こそ、諦める気持ちを捨てる時だ。一人一人の思いは小さいかもしれないが、諦めずにそれを集めれば大きな力になるはずだ。ワシらちの思いを一つにすれば、絶対にできる。

いとは、婚礼の行列に突然現れた警察官に連行された時のおばばの顔を思い出している。警察官に抵抗しながら決して気弱になることがなかったおばば。権力に屈することなくみんなを鼓舞した。

「負けんまい！」

あの時のおばばの言葉が、力強く蘇ってきた。

そうだ！　あの「負けんまい」は、おばばの意思表示であったのと同時に、みんなを鼓舞する言葉だったのだ。

「自分にも状況にも負けずに立ち向かっていけ。このままで終わるな。諦めるな！　負けるんじゃないぞ！」というエールだったのだ。

女だからと諦めてはいけない。女だって、できることがある。

いとは立ち上がった。

「負けんまい！」

いとの力強い声に驚き、その場にいたおかかが一斉にいとを見た。

あの時の力強い応援を胸に行動すれば、自分たちも何かできるはずだ。動かなければ、何も変わらない。

いとはおかかたちを見回した。

「まだ、終わっとらん。あの米はワシらちのもんやぜ。このまま闘わんにゃ、またよそに持っていかれる。ほしたら、また大事なもんが奪われてしまう。そんなん、もうやーわ」

いとの瞳に力がこもり、大きな目が一層大きくなる。それを見た周囲のおかかの目にも光が差した。そして、いととおかかの間にあった見えない壁が砕けていった。

「大事なもんが奪われる」

「そんなん。もうやーわ」

集まったおかかの思いが大きく一つになっていく。

「おばの言う通りやわ」

いとはもう一度、みんなに向かって言った。

「負けんまい」

この言葉を唱えただけで、体の中から力が湧き上がってくるのをいとは感じていた。いとの気迫に促され、雪も立ち上がる。

「負けんまい。やらんまいけ」

それを合図に、みんなが立ち上がり口々に叫ぶ。

「負けんまい」

「やらんまいけ」

「負けんまい」

「負けんまい」

「やらんまいけ」

みんなの気持ちが一つになった！

いとは背筋を伸ばした。みんなの気持ちを合わせれば、絶対にできる！

「やる！　絶対に」

部屋を出る時、いとは振り向いた。

「おばば、待っとってよ」

自信に満ちたいとの後ろに、その場にいたすべてのおかかが従った。

誰もいなくなった部屋の中央には、おばばが眠る布団だけが残された。しばらくすると、おばばの瞼がわずかに動き、ゆっくりと目が開いた。

「負けんまい」

おばばの瞳は、笑っているようだった。

深夜、タキと子供たちが布団に座ったままいとの帰りを待っていた。タキはいとの顔を見ると、すべてを察して大きく頷いた。正一郎もいつもとは違ういとに気付いていた。

いとは家族の顔を見ながら、心の中でもう一度「諦めないぞ！　絶対に」と叫んだ。布団に座る子供たちを立ったまま見つめる。

「米は絶対に積ません。……だって」

そして、正一郎をしっかりと見つめた。

「米がなかったら、兵隊さん戦地に行けんかろ?」

正一郎にとって頼もしい母がそこにいた。

5

八月二十三日、早朝。

富山湾沖に停泊していた蒸気船の伊吹丸が、今日出航する予定となっている。この大型船は、ワシらちが汗と涙で運んだ米俵をシベリアへ運んでいく。

どうしても米の積み出しだけは阻止しなければいけない。米がシベリアに行って兵隊の口に入ることになってしまったら、戦争が激化して兵隊さんが大勢死んでしまうだろう。

いとは改めて決意していた。そんなことはさせない。ワシらちが運んだ米で人を殺してはいけない。米を絶対に、よそへやってはいけない。

いとは早く起きて布団を抜け出し、身支度をした。手ぬぐいを姉さんかぶりに、たすきをかけて、家の外に掛けていた漁の網を束ねる縄を手にした。

玄関先で、正一郎とタキが見送ってくれた。

「行ってこられ」

背中から声がかかる。

うん。

いとは大きく頷くと、大股で家を出ていく。

そして隣や向かいの家の扉を叩いた。

「おかかたち、出てこられ！」

いとの力強い声が、路地に響きわたった。いとはすっかりやせて顎がとがってしまったが、やつれは見えない。かえって迫力さえ感じさせる表情になった。

いとはある家の前で足を止め、力を込めて扉を叩いた。すぐに戸が開いた。姉さんかぶりにたすき掛けのサチが立っていた。

「仇、取りにいかんまいけ」

大きく頷いたサチは、台所から一升釜を焚く時につかう大きなしゃもじを手に歩き始めた。

いとが出かけた家では、タキがタンスの引き出しを開けて、白い布と紐を取り出した。白くなった髪にハチマキをしめるときりっと収まり、すっと背筋伸びた。

正一郎には、タキが頼もしく感じられた。

「行ってこられ！」

タキは力強く頷くと、下駄の音をさせて出かけていく。


家から続々と出てくるおかかで、道は溢れんばかりになっている。みんな、手に手に家財道具や漁の道具を持ち、浜に向かって意気揚々と歩いてゆく。

大きな通りで荷車をひく平次郎が、威勢のいいおかかの列を、ぽかんと口を開けて見ていた。いつも先頭にいるはずのおばばの姿が見えない。かわりにいとがその場所にいた。後ろに続くおかかたちの顔もいつもと違う。

「さあ、行くぞぉ」

いとの力強い声に、平次郎はすぐに荷車を置いた。本気だぁ！　いとの迫力に押され、

「へ、へい」

平次郎は列に加わり遅れないようについていく。

別の路地に住むおかかも、家からざるやしゃもじ、鉄鍋のふたなどを手に持って列に加わる。

商店が立ち並ぶ比較的広い道は、おかかで溢れている。道端にいた物乞いに誰かが声をかけた。

「暇だったら来られ。なんせぇ数おればいいがやから」

物乞いは座っていた筵をくるくるっと器用にまいて、列に加わる。


浜が近づいてきた。

砂浜に沿って延々と続く防風林の松林のあたりには、三百とも五百とも分からないほどに膨れ上がったおかかがいた。

松林には朝靄がかかり、沖に停泊している蒸気船の姿がはっきりとは見えない。いとは蒸気船まで米俵を運ぶハシケがしっかり目でとらえられる場所までくると立ち止まり、海の方を見た。後ろに続くおかかたちも、同様に海を睨んでいる。

浜ではいつものように、男の仲士がハシケへと米俵を運んでいる。

男仲士の親方の源蔵は、俵の数を数えていた。あともう少しで百俵になるので、沖に停泊している伊吹丸まで運ぶ準備をするよう手下に指示した。

うん？

米俵を運ぶ仲士の数を数えようと松林の方に向きなおった源蔵は、たくさんの目がこちらを見ているのに気付いた。

「何じゃ？」

それは、見たことがないほど大勢のおかかだった。じっとこちらを睨んでいる。とんでもない緊張感と気迫に、源蔵は恐怖を感じた。

こりゃ、おかしい。


その時、いとがあらん限りの声を張り上げた。

「米を旅に出すなー」


これを合図に、おかかが一斉に松林から飛び出してきた。いとは全力で走る。それを追い越さんばかりの勢いで、後ろに並んでいた大勢のおかかも浜を目指して走った。

「出すなー」

「米を旅に出すな」

「絶対に」

口々に叫ぶ。

源蔵はおかかが大挙して襲ってくるのを見て、

「まずい。なんだ。まずい」

うろたえて、ついには、そばにいた男仲士に、

「ちょっと頼む」

と言うや、

「くわばら。くわばら」

両手をこすり合わせて一目散に逃げ出した。

おかかたちは、いとを先頭に米俵をかつぐ仲士に向かって突進する。

家から持ってきたしゃもじで男仲士の背中をたたき、漁の網をしばっておく縄を輪っかにしてぐるぐると回し、逃げ出そうとする男に投げて足を引っかけようとする者もいる。

米俵を担ぐ二、三人の男仲士に、漁で使う大きな網をかけて動けないようにしてから、米俵を奪うおかかもいた。男仲士も取られまいとして、必死に米俵に縋りつく。おかかは、ハシケの米俵に向かって突進して米俵を引きずり下ろす。米を運ぶ

男仲士に、二人がかりでとびかかり米俵を奪った。米俵を奪うことに成功したおかかは、右手を高々と上げる。

「取ったぞ!」

三人組のおかかは、米俵を担ぐ男の脚や腰にぶら下がり、米俵を砂浜に落とそうとしていた。砂浜に落ちた米俵を、おかか二人がかりで拾って持ち去ろうとしている。米を旅に出させまいと、みんな必死だ。

しゃもじを持ち、男たちの背中を叩きながらハシケに近づいたトキは、積み込まれた米俵の綱をほどき、ハシケから米俵を落とそうとしている。それを男仲士が妨害しようとしてトキの足を引っ張る。それを見たフジは、体当たりして男仲士をぶっとばした。

「おみつ。おみつ」

サチは娘の名前を叫び続けながら、米俵にしがみついている。その気迫に俵を持っていた男は耐え切れずに手を離した。

そこに別のおかかがやってきて、鍋の蓋を盾のようにして男の背中を押さえサチを助ける。

浜は大勢の人間が入り乱れて、大混乱となっている。

いとは、米の積み出しをさせないように体をはって米俵を守っていた。

絶対によそへやるものか。米を旅には出さない！

浜辺は仲士とおかかが入り乱れての、大騒乱になっていった。

おかかの気迫と体当たりに恐れをなしたのか、男仲士は米俵をその場に置いて四方八方に散っていった。おかかは、その米俵を浜から運び出した。

知らせを受けて警察官がやってきた頃には、米俵はほとんど持ち去られた後だった。

ぼーっ、ぼーっ。

米を積むことができなかった伊吹丸が汽笛をあげて動き出す。

やった！　船が米を積まずに出航した、ワシらちだって、やればできる！

米をよそに出さずに済んだ。

いとは大きな目を一層輝かせ、出航していく伊吹丸を見ていた。

浜ではどこからともなく拍手が起こり、それが地響きのようにどんどん広がって鳴り響いた。

集まったおかかの顔はみんな、充実して輝いていた。

ワシらちだって、やればできる。女だって、やればできる。

これでワシらちが、生半可な気持ちで行動したのではないことを分かってもらえるだろう。いとは、去って行く蒸気船を見ていた。

6

朝夕に秋の気配を感じるようになった。

町内の人々が、役場の張り紙の前に集まっている。清んさのおばばの顔も見える。

トキにフジ、ナツ、ミネもいる。

「いとさん。これなんて書いてあるがけ？」

ハルに言われ、いとは張り紙を読んだ。

「貧民救済規定」

いとはことさら明るい声で、みんなに読んで聞かせた。米価上昇にあえぐ市民のために、町議会が救済措置として毎日米三合の支給と以前と同じ値段での米の販売を決定した。

「よかった」

「万歳！　万歳！」

その場にいたおかかが、満面の笑みで喜び合っている。おかかたちの体を張った米積み出し阻止が功を奏し、行政を動かしたのだ。

日が昇るのが少しずつ遅くなっている。井戸端では、米を研ぐおかかの姿があった。いとも羽釜を持って井戸へ急ぐ。今日も子供たちにごはんを食べさせられる幸せを感じて、足取りも軽い。その時、米を研ぐいとの手が止まった。

♪「カチューシャ　かわいいや」

この声は……。いとは顔を上げた。

目の前に荷物を肩に振り分けにして利夫が立っていた。いとはぴょこんと立ち上がった。

「ただいま」

「お帰りなさ……い」

いとは腰が折れるほど深々と頭を下げた。

帰ってきた！　利夫が帰ってきた！

自然と顔が緩んでくる。利夫はいとの顔を少し照れ臭そうに見つめている。

いろんなことを話したかったが、何から話したらいいか分からず、いとも利夫の顔を見た。ちょっと気恥ずかしいような気持ちで、お互いじっと見つめ合っていた。

田んぼの稲穂がたわわに実り、頭《こうべ》を垂れている。収穫の時だ。

そして、今日は待ちに待ったセツの婚礼でもある。中止されていた婚礼を、実りの秋にやり直すことになったのだ。

白無垢に角隠しのセツを両親や親戚、近所の人たちが総出で嫁入り先まで見送るために行列する。

誰もが朝からソワソワソワして落ち着かない。押し入れから出してきた紋付きや一張羅を着こんでいるので、少し背筋が伸びている。おかかの中には、薄く紅を差している人もいる。みんな晴れがましい気持ちで、花嫁行列の出発を待っていた。

「それではまいりましょうか」

提灯《ちょうちん》を持った先導の後ろで、仲人が厳かな声で言った。

仲人の二人の後に、白無垢のセツが続く。祝いの傘が日傘にちょうどいいほど、本当にいいお天気だ。

美しい娘のセツを誇らしげに見守るトキの横には、少し寂し気な源蔵がいる。

親戚や近所の人含めて三十人以上の行列が川沿いの土手をゆっくり歩いていく。

その行列の真ん中あたりに、いとは利夫と並んで歩いていた。

秋晴れが、行列の人々の晴れ晴れとした気持ちを一層引き立ててくれる。

利夫が言う通り、一人でも大丈夫かもしれないけれど、利夫がいて、三人の子供たちとタキがいる、いつもの暮らしが愛おしい。

いとは、そんなことを思いながらゆっくりと歩いていた。

その時、利夫といとの目の前を、つなぎトンボがスーっと通り過ぎて、天高く舞い上がっていった。二人はそれをいつまでも見ていた。

エピローグ

大正七（一九一八）年九月二十一日、寺内正毅率いる内閣が総辞職しました。シベリア出兵の噂による米価高騰がきっかけで富山から始まった米騒動は全国に拡大し、打ち壊しや暴動にまで発展しました。

寺内首相は警察や軍隊を使って取り締まりを強化しましたが、弾圧すればするほど民衆の怒りと不満が膨れ上がり、もはや制御不能に陥っていたのです。さらに新聞に対する言論統制を強めた内閣に対し世論が反発したことも重なり、内閣総辞職へと繋がりました。

米騒動の責任をとった形での総辞職でした。

一方で、米価高騰の直接の原因となった日本のシベリア出兵は、その後大正十一（一九二二）年十月の撤兵まで実に四年二か月にもわたり続きました。

この間最大で七万三千人、延べ二十四万人の兵隊がシベリア平原に展開し、五千人もの戦死者を出すことになりました。戦費は、当時の国家予算のほぼ一年分にあたる巨額なものでしたが、これだけの犠牲を払いながら日本が得たものは何もありませんでした。残ったのは、大義名分のない出兵という国内外からの批判でした。

まあ、これはのちの話です。

さて、富山のおかかは、家族の命を救いたいという思いだけで行動を起こしました。

もちろん内閣総辞職など望んでいたわけではなかったのですが、結果的にその引き金を引くことになりました。

これを契機に大正デモクラシーが加速し、やがては婦人参政権獲得にまでつながっていきます。

「米を旅に出すな！」

富山のおかかが動いたことが、時代を変えてしまったのでした。

私もここで筆をおくことにしましょう。

私にしても、まさかあの記事がきっかけで、騒動がこれほどまでに大きくなるとは思っていませんでした。

男が動くと戦争になりますが、女が動くと社会が変わる！　世の中の格差是正は、暴力を用いたのでは達成できない。そこに愛と情熱があったからこそ、富山のおかかたちには達成できたのでした。この事実を間近で見ることができたのは、私の記者人生にとって最大の僥幸《ぎょうこう》と言えるかもしれません。

了

尾上公作

スペシャル鼎談

女優 室井滋×監督 本木克英×ノンフィクション作家 髙橋秀実

1918(大正7)年、富山県の貧しい漁師町で起こった「米騒動」。井戸端から社会を変えた、日本の女性が初めて起こした市民運動ともいわれる騒動は、なぜ富山で起きたのか。そこには富山の女性たちの県民性も大いに関係していた!? 富山にゆかりのある3人が、おかか(=女性)たちについて語り尽くした。

「富山の女性はやっぱりスゴイ!」

(むろい・しげる)富山県出身。1981年に映画『風の歌を聴け』でデビュー。映画『居酒屋ゆうれい』『のど自慢』などで数多くの映画賞を受賞。絵本『しげちゃん』、エッセイ集『ヤットコスットコ女旅』など著書多数。本作ではおかかたちのリーダー「清んさのおばば」を怪演。

撮影/中村功

(もとき・かつひで)1963年生まれ。富山県出身。'98年『てなもんや商社』で監督デビュー。『超高速!参勤交代』でブルーリボン賞作品賞など、『空飛ぶタイヤ』で日本アカデミー賞優秀監督賞を受賞。本作は長年温めてきた題材を脚本制作に約3年の歳月をかけて実現。

(たかはし・ひでみね)1961年生まれ。神奈川県出身(奥様が富山県出身)。『ご先祖様はどちら様』で小林秀雄賞を受賞。そのほかの著書に『素晴らしきラジオ体操』『「弱くても勝てます」開成高校野球部のセオリー』『損したくないニッポン人』『パワースポットはここですね』など。

富山の人は米騒動を語りたがらない⁉

髙橋　私の妻は滑川《なめりかわ》（富山県）の出身で、結婚して三十年ほど経ちますが、振り返れば出会った当初から「この人は普通の人とはちょっと違うな」と一目置く女性でした。実は本木監督とは同じ高校で、一年後輩だそうです。

本木　えーっ⁉　そうだったんですか。

室井　どんなところが普通とは違う、と感じられたんですか。

髙橋　彼女とは職場の同僚でしたが、ある晩、私の家へやってきて、自分のことを好きなのか、嫌いなのかと詰め寄られまして。嫌いなら帰ると……。それまで出会ったことのない女性でした。今回、映画を拝見して、その直訴する感じが富山の女性に通じているのかな、と（笑い）。

本木　そういえば僕の母も、例えば好き嫌いは面と向かって言うタイプですね。

室井　堂々と正面切って突撃してくる。富山の人は正直というか率直な人が多いですよね。で、神奈川出身の髙橋さんはその行動に面食らってしまった、と。

髙橋　えぇ（笑い）。で、この人はどこの人なんだろうと。彼女が育った地域はどうやら米騒動が盛んだったらしく、「あぁ、そういう土地で育ったんだ」と腑に落ちたわけです。彼女の行動は基本が直談判の米騒動ですから。夫婦関係だって毎日、愛の米騒動みたいなもんですし。また、水橋の周辺では水上さんという人が米騒動の中心人物だったそうですが、彼女の旧姓も水上なんです。

本木　その地域なら、ご先祖様が米騒動に関わられたのではないですか？

髙橋　そうなんですよ。里帰りをすると「家の近所には昔、米騒動のあった蔵があってね」なんて話になりますし、母方の実家は伊藤といい、滑川の加島町で鮮魚店を営んでいたんですが、米騒動の記録には滑川の人の証言にお米屋さんへ押しかけてきた血気盛んな人物としてイトウの名が記されている。そういう経緯もあって（笑い）、私、結婚を機に米騒動に興味がわいて、もう三十年ほど個人的に研究しているんです。

本木　今おっしゃった名前はすべて架空の人物にして、劇中に登場しますよ。

髙橋　そうでしたか。でも、妻の親戚にこれはご先祖様かと尋ねても、「いや、ウチじゃない」と言うんです。どうやら語り継がれていないようで……。

室井　富山の人は嫌がるのよね。米騒動は社会の教科書にも載っているし、富山の人たちも「富山で米騒動があったがいっちゃ」とみんな言うくせに、詳しく知ろうとすると「それはまぁ、知らんでもいいがいちゃ」って（笑い）。語りたがらないし、子供にも説明したがらないけれど、富山は米騒動発祥の地だと自慢にもしている。県内には発祥の地を謳う記念碑があちこちにあるもの。

本木　具体的に知ろうとすると途端に口を閉ざすのは、越中・富山というのが非常に保守的なんですよね。お上の言うことに従って生きてきた保守的な土地で、あろうことかお上に楯を突いた、しかも女ごときが、ということで〝黒歴史〟とでもいいますか、伏せたい歴史になっている部分もあると思います。

髙橋　米騒動を語りたがらない中で、今回よく映画化されましたね。

室井　大正時代の話で百年経って、当時を知る人もいなくなったことがあると思います。記憶に新しい、生々しい出来事はちょっと嫌だと敬遠されるけど。

本木　二〇〇八年に富山で行われたある会議で室井さんと対談した際、米騒動の映画化の構想を話したら、翌日の新聞で記事になったんです。その頃はまだ風向きが違って、すぐに実家へ電話が来ましたよ。「米騒動を映画にするのをやめておかれ」と。何度かそういう電話がかかってきたと、母から報告が来ました。

髙橋　やはりそこは、実家への直訴という形で来るんですね。

室井　そういう土地なんですよね。そこは誰かを介さないで当事者に直接言ってくる。「ちょっと、要らんこと言うけど」なんて前置きをしながら。

本木　狭いコミュニティの人間関係ですから、何か事があると何代先までも響いてしまう。そうした地域社会で末永く平和に暮らしていくために米騒動に深くは触れない、という生活の知恵なのでしょう。これが今回の『大コメ騒動』を作るまでに至った僕なりの見解です。

「しげちゃん、死ぬまで忘れんといて」と

室井　なるほどねぇ。でも表立って話さないだけで富山人は絶対に忘れないですよね。身の回りの出来事をずっと心に留めておいて、次に何か起こった時にその人の履歴を全部しゃべれるくらいインプットしている。日々の生活があるから何かあっても逐一糾弾はしないけれど様子を見ておこう、という気持ちは強いと思います。

髙橋　すごくよく分かります。私の妻もデータのファイリングとでもいいましょうか、記憶の集積回路が尋常じゃない。私なんかは親戚関係について話を聞いているとだんだん気が遠くなりますが、彼女はむしろ冴えてくる（苦笑）。たぶん幼少の頃に形成される脳のシステムが違うんでしょうね。人間関係の相関図が入っていて随時更新される。

本木　富山の女性はそうした身の回りの人間関係の把握に長けていて、町内会の女

性同士のクチコミによって、地域の情報は網羅されています。僕の母は八十代後半ですが、地域の見回りもしているんです。で、今日はどこぞで引きこもりの人を見つけたとか、あそこの様子が変わったとか、地域のどこで何があるかをほぼ掌握して僕に話してくれますよ。

室井　ファイリングといえば以前、世話になったおばと、おばと仲良しのお友達を連れて大勢で魚津の金太郎温泉へ旅行したんです。で、賑やかにごちそうを囲んで学生時代の昔話に花を咲かせていたと思ったら、「しげちゃん、死ぬまで忘れんといて。あの人の農地改革で私らはみんな土地をとられて……」って、片山哲内閣（一九四七〜一九四八年）の話をしだすんですよ。富山の人は戦時中も裕福でお米も食べられたのに、土地を取られてしまったことを忘れるなと。楽しい食事の席で突然言い始める。

本木　恨み節というのではなく富山の人はファイリングしていた記憶を、その場の空気を読むことなく話題にしてしまうところがありますね。

室井　それと同時に、これまで大変だったとお互いに愚痴り合うことで、今浮かれている自分たちを戒める意味も込められているんですよね。その感覚は、多分富山の人だけではなくて、ある年齢より上の女性には「ちょっと良いことが続くと怖い」って感覚があるんですよね。うちのふぐママ（所属事務所の女性社長）も、すごく仕事がいっぱい来た中で一つだけすごく残念なことが起こった時なんか、必ず「いいじゃない、これは厄落とし

よ」って言いますから（笑い）。

髙橋　映画の中では室井さん演じる「清んさのおばば」を囲んで、おかかたちの告白大会といいますか、各々が胸の中にしまっていた不満や詫び言を吐き出してから、米騒動につながる大事な意思決定が行われていましたね。直訴という行動を支えているのは、女性たちの秩序というか、序列意識じゃないかと思いました。

本木　腹に一物がなくなるまでお互いにさらけ出すというのは男にはないコミュニケーションですよね。そこへいくとやっぱり女性はスゴイんですよ。米騒動を見ても、共同体の運営に政治家が敵わないくらいの知恵と経験をおかかたちは持っていた。こっちとこっちは仲が悪い、という人間関係をすべて把握した上で団結しているから、多少のことで結束が崩れない強さも持ち合わせている。「あんたのことは嫌いだけど、今はこうするっちゃね」と、富山ではよく言いますよね。

室井　「私のことを嫌いかもしれんけど、今は話を聞かれ」とかね（笑い）。

手土産は「腐ったもんやけど」と言って渡す

髙橋　富山の女性は「なんなん」と、否定から会話に入る印象があります。

本木　富山は否定からコミュニケーションが始まる、非常に珍しい地域でもありますね。ここがスゴイとか自慢は絶対にしない。観光客が「富山はいいところですね」と言っても「違う、違う」と全否定するし、タクシーでどこかおいしいお店へ連れて行ってほしいと言っても、「富山にはないから、金沢へ行かれ」と。

髙橋　私も実際にタクシーでそう言われました。

室井　「旅《たび》のっさんの口にちゃ合わんちゃあ?」って（笑い）。

髙橋　松尾芭蕉の『おくのほそ道』で滑川へ立ち寄るくだりでも、この辺に何かありますかと問われて「何もない」と言われたとあって、その頃からそうなのかと（笑い）。私も富山駅の近くのスーパーにいろんな種類の新米があったので「どれがおいしいですか」とお店の人に聞いたら、「分からん」って言うんですよ。そこで値段が一番高いお米を指差して「これはおいしいですか」と聞き直したら「食べてみないと分からない」と言われてしまいまして。こっちは買うつもりでいるのに、止めようとする。

本木　人の好みに関することにはそういう言い方をするんです。手土産を持っていく時にも「うまくもないものですけど」なんて言って渡すんですよ。

室井　そうそう、「腐ったもんやけど」なんて、言いますよね（笑い）。

本木　じゃあなんでそんなもの持ってくるのと思うでしょうが、相手に対して「自分はあなたほどの趣味も好みもありませんが、私ができる精一杯のものはこれなんです」という富山人流の敬意の表し方なんです。

室井　「私らはうぞい（劣っている）もんやから」って、自分を下げるんですよ。そんな県民性だから私なんかも褒められ下手で、褒められるのはすごく苦手なの。「きれいやね」なんて褒められると、この人は何を企んでいるんだと怪しんでしまう（笑い）。

おかかたちはダラがかっていただけ⁉

髙橋　妻の口癖で、「ダラがかる」という言葉もよく聞きますね。

室井　ダラ＝バカ。とぼけたように振る舞って利口さを見せないということですかねぇ？

髙橋　あえて知らないふりをする処世術だそうです。知ったかぶりをしない。知らないふりをして情報を集めるんですね。映画では井上真央さん演じるいとが文字を読めておかかたちに新聞を読み聞かせていましたが、本当は他のみんなも何が新聞に書かれているか、分かっていたんじゃないのかと。というのも米騒動の資料を見ると、おかかたちは井戸端会議でロシア革命の話などをしていたそうなんです。

本木　ロシア革命が一九一七年、米騒動が一九一八年ですね。

髙橋　その証言から解釈すると、おかかたちは井戸端で東京ではこういうことが起きている、内閣はこう動いていると掌握していて、自分たちが何をすべきかと話し合いをしていた可能性もあると思うんです。映画で西村まさ彦さんが演じたような社会活動家がいたけれど、おかかたちは街頭で扇動するような社会運動では人が動かないことも分かっていた。そこで室井さん演じるおばばが、活動家に怒りを表すんですよね。

室井　理屈だけで飯を食える者とは違うんだ、って。

本木　おかかはおかかなりのやり方でやっていくんだ、と。あのシーンは室井さんがご自身でもかなり台詞を練られたんです。当時、社会活動家は庶民から尊敬される存在ではなかったようで、おっしゃる通りに社会運動で世の中は変わらないと彼女たちは本能的に分かっていたのかもしれません。おかかにはダラがかっている人もいれば、ただただ空腹に喘《あえ》いでいた人もいたのでしょう。そんなふうに観客の方が自由に考えを巡らせていただけるよう、映画ではおかかたちの行動をこうだと決めつけずに描きたかった、というのは作り手としてあります。

「清んさのおばば」にはモデルがいた

髙橋　室井さんが演じられた「清んさのおばば」を見て、鮮魚の行商をしていた妻のおばあちゃんを思い出しました。まさに威風堂々とした人でした。

本木　それはうれしいなぁ。すさまじい毛量に金歯がキラ〜ンと光るキャラの濃いおばばは現実離れしてそうに見えて、実はモデルがいらっしゃるんですよね。

室井　そうなんです。ウチの実家は荒物や専売もの、畳などを作って卸をやっている家で私は十代目。家の裏は海でした。近所には魚を売りに来る行商のおばあちゃんがいて、鬼みたいな人だったんです。顔は赤銅色で髪はボウボウに爆発していて、私に怒鳴り散らすんですよ。それは、それは強烈な存在でした。

本木　見ただけで幼い室井少女はギャーっと悲鳴を上げて、泣いていたそうです。

室井　リアリティとしてその造形をイメージしたのもあるし、あれだけ人がついてくるというのは怖いだけじゃなくて、困っている人に残り物をあげたりして助けていたのではないかと。映画の中でも清んさのおばばが、おかかたちに昆布を配りますが、飴と鞭というか、おばばの人心掌握術ですよね。

髙橋 おばばは、立山の地母神の「おんばさま」を彷彿とさせる面影もありました。

室井 私の中ではおばばは鬼的なイメージに近いのかな。なぜ行商のおばあちゃんが怖かったかといったら、「バッチャバッチャ」に似ていたんですよ。天狗の面をつけてお祭りに現れる道化役なんですが、それが来ると子供は泣くんです。

髙橋 立山のうば尊信仰である「おんばさま」も怖い顔をしたおばあさんの神様です。私はてっきり「清んさのおばば」とは富山の人の生活を守る「おんばさま」ではないかと思いました。立山には美女が杉に変えられてしまうという伝説があるくらいで、女性たちは身なりをなるべくみすぼらしくする、本当はきれいなのにおブスを装って身を守る、そのあたりの神話的世界も象徴的に描かれているように思いました。

本木 意図せずですが、室井さんという生粋の富山人が演じられたことで役にも魂が宿ったのだと思います。

「嫌いなら私に直に言ってくれ」とやってくる

室井　昔から富山では「おばばの話を聞こう」と女性の年寄りを尊重する文化が家庭にしっかり根付いていて、下新川《しもにいかわ》あたりは特にその傾向が強い気がします。

本木　富山は共働き率が全国トップクラスということもあって、女性たちも仕事をして家族を守っているぶん、発言力も大きい。農家などの婦人会が盛んな頃には、女性だけで近隣の県の温泉地へ一泊旅行をしていたそうです。旅先では男性とダンスを踊ったりして、夫たちは「婦人会には気をつけろ」と（笑い）。

室井　ちょっとしたお遊びをちょっと離れたところでね。

本木　男以上に働いているし、子供の面倒もよく見るし、だから権利があると主張するのではなく、たまのお休みに自由を求める。女性たちが元気なんですよね。

室井　物言いがストレートで自分の意見をしっかり持っていて、富山の女性は面白い。私もそうですが、富山の女性は同じ富山の女性がすごく好きなんです。

本木　どこかで自分の陰口を叩かれていると知ったら、「嫌いなら私に直に言ってくれ」とやってくる。都風の感覚を持った、京都や金沢の女性とはまったく違うところです。正面切ってやってくる性分は僕の実体験として、『大コメ騒動』にも反映されています。では富山の男性も同じかと言われると、全国共通のモデルといいますか、縦社会を気にして強くは出ない。

室井　富山の男の人は、女の人と比べると、なぁなぁじゃないでしょうか。妻と富山へ帰ると、あちこちから人々が家へ訪ねてくるんですが、男の人は必ず最初に「旦那さん、おられんけ」と言うので、そのたびに私が出ていって相手をします。そこで「今度、釣りに行きましょうよ」なんて誘われますが、要するに彼女と話すのが怖いから、私でひと息入れていくんですよ。なぁなぁ同士で。みなさん、女性が家を仕切っていることを心得ていて、肝心のお金の話は妻としています。

髙橋　男は全国的になぁなぁなのかな（笑い）。

本木　でも、そのほうが社会ってうまくいくんじゃないかと、映画を通じて思いました。この作品を撮っていた時はちょうど香港の民主化運動が激しい時期だったんです。その後も世界各地で様々な運動が起きている。日本では七〇年代以降、社会運動が下火になっておとなしい国民の印象があるけれど、百年前には女性たちが、あんなにも活発に声を上げて行動していたんですよね。

室井　女性の強さはその時代から変わっていないと思いますよ。

（構成／渡部美也）

本書のプロフィール

本書は、映画『大コメ騒動』（監督／本木克英、脚本／谷本佳織）をもとに著者が書き下ろした作品です。

小学館文庫

大《だい》コメ騒動《そうどう》 ノベライズ

著者 戸屋《とや》まい

二〇二〇年十一月十一日 初版第一刷発行

発行人 川島雅史
発行所 株式会社 小学館
〒一〇一-八〇〇一
東京都千代田区一ツ橋二-三-一
電話 編集〇三-三二三〇-五五八五
販売〇三-五二八一-三五五五
印刷所 ——— 大日本印刷株式会社

ISBN978-4-09-406837-5